CANDIED WOLF: EDIZIONE ITALIANA

ITALIANA

AMORI E AVVENTURE A KINSHIP COVE

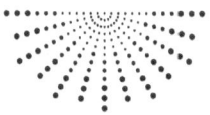

ELLIS LEIGH

Traduzione di
SILVIA BARATTA

EBook ISBN: 978-1-954702-44-8
Paperback ISBN: 978-1-954702-52-3

Redatto da Silently Correcting Your Grammar, LLC
Copertina di Kinship Press
Tradotto da Silvia Baratta
Per informazioni, contattare ellis@ellisleigh.com

1
COCO

C'era qualcosa, nell'essere invitata al matrimonio del proprio ex ragazzo, che faceva davvero mettere in discussione a una ragazza ogni singola decisione che avesse mai preso in vita sua. Era tutto un gioco di causa e conseguenza. 'Se allora avessi fatto questo invece di quello, oggi avrei questo invece di quest'altro'. Sulle prime, un gioco intrigante. Ma dopo un po', sfiancante. E alla fine, devastante. E tante altre parole in '-ante' che al momento mi sfuggivano.

Insomma, sì, era bello condividere una piccola attività con le mie sorelle. L'anno prima ero persino riuscita a salire di livello e a comprare casa. Una graziosa casetta su una strada molto tranquilla, fiancheggiata da grandi alberi che coloravano il cielo di verde se ci passavi in mezzo. Proprio una favola. C'era persino la classica staccionata bianca. Su carta, avevo una vita perfetta: risultati, carriera, successo. Su carta, quindi, avrei dovuto essere molto, molto felice... Ma a volte anche la carta mente.

Nel mio caso, non si trattava di una bugia *vera e propria*, quanto di un'omissione. Non era infatti menzionata l'unica area in cui ero veramente carente. Nello specifico, quell'immenso rottame della mia vita amorosa. L'amore era un aspetto della mia esistenza che semplicemente *non* riuscivo a far funzionare, non importava quanto mi sforzassi. E mi sforzavo. Un sacco.

Ero abbastanza sicura d'essere uscita con ogni possibile scapolo in città, e con 'possibile' intendevo sia umano che mutaforma. Non facevo certo distinzioni in base alla specie. Nossignore. Giocavo alla pari, mi tenevo aperte tutte le possibilità. Ovviamente Kinship Cove, dov'ero sempre vissuta, non era una cittadina troppo normale di suo. Brulicava infatti di paranormalità, e tendeva ad attrarre un turismo di nicchia: gente che, volendo, passava letteralmente al proprio lato animale. Quand'ero piccola, li chiamavo 'lupi mannari'. Da adolescente, avevo imparato che il termine corretto era 'mutaforma', e mi ero sforzata di imparare il più possibile su quelli che vivevano nella mia comunità, in modo da poter essere una buona vicina e una buona amica. Da adulta li chiamavo 'amici' e 'conoscenti', e in particolare gli uomini da cui avrei dovuto girare alla larga li chiamavo 'errore numero sei', 'numero dodici' e 'diciotto'.

Di cui 'diciotto' era quello che stava per sposarsi con la più grande cerimonia nuziale che Kinship Cove avesse mai visto.

Un matrimonio il cui catering di dolci era fornito da 'Fondenti e Contenti', la pasticceria che gestivo con le mie sorelle.

Un matrimonio a cui il mio ex – che mi aveva letteralmente lasciata con una e-mail dopo il fatidico incontro con la sua eterna compagna di vita – mi aveva appena invitato. Stavolta con un messaggio.

"Dovrebbero insegnargli a fare una benedetta chiamata, o magari a scrivere una lettera." Tamburellai sul bancone con le dita, sforzandomi di pensare a una risposta adeguata. Un *Vai a quel paese* sarebbe stato decisamente troppo drastico, e assolutamente poco professionale. Un *Ma scherzi?* sembrava un po' troppo retorico. E di un *Oh, vengo di corsa*, non se ne parlava proprio. Dov'erano le mie sorelle quando avevo bisogno di loro?

"Se continui ad aggrottare le sopracciglia, la faccia ti rimarrà così a vita." Misty, che di solito stava al bancone e si occupava dei clienti – sia mutaforma che umani – si fece una risata quando alzai gli occhi al cielo. "Cosa c'è di così brutto da mettere di malumore la creatura più frizzante di Kinship Cove?"

Non mi sentivo granché frizzante, in quel momento.

"Ho ricevuto un messaggio." Posai il telefono, ancora incerta su come rispondere. "Di Nico."

Lo sguardo che Misty mi lanciò sarebbe bastato a spaventare qualsiasi altra donna. "Cos'è che vuole quel *cane?*"

Cane. Perché si trasformava in un lupo. A Misty, Nico non era piaciuto fin dall'inizio. Diceva che non avrebbe dovuto ingannarmi, visto che non ero la sua predestinata. Io l'avevo ignorata, ma sapevo come i mutaforma trovavano i loro compagni. Diamine, gli altri unici due con cui ero uscita avevano trovato i loro *proprio mentre* frequentavano me. La prima volta avevo pensato fosse semplice sfortuna. La seconda volta, magari una coincidenza. Ma non avrebbe più potuto – dovuto – succedere. Così mi ero precipitata in una storia con il lupo mutaforma, volendo credere d'essere al sicuro da tutta quella roba sulla predestinazione.

Mi sbagliavo proprio, proprio di grosso.

Dopo due mesi a leccarmi quell'ultima ferita e con un'altra cicatrice sul cuore per come le cose erano finite in modo così brusco, potevo finalmente ammettere che avrei dovuto seguire il consiglio di Misty. La predestinazione vinceva sempre, non importava quanto il mutaforma amasse il proprio compagno non-di-vita. Ecco perché mi ero giurata di non uscire più con uno di loro. Non aveva alcun senso iniziare qualcosa cui il destino avrebbe posto fine, premiando la bestia della situazione con una propria bella su misura, com'era successo con Nico. E Justin. E Charles.

Sul serio, avrei dovuto darmi a noleggio ai mutaforma solitari. Riuscivo già quasi a vedere l'annuncio: 'Porta a casa Coco Chance per un mese o due, e troverai l'altra tua vera compagna di vita. Soddisfatti o rimborsati. Tu devi solo far finta di amarla, ma lei deve innamorarsi di te, così il suo cuore potrà impiccarsi quando alla fine la lascerai. Spargi la voce e ottieni uno sconto!'

Bleah. No, grazie.

A quanto pare ci misi troppo a risponderle, perché Misty se ne uscì con: "Non so perché continui a rivolgergli la parola. No, aspetta, lo so. Perché sei una persona buona."

"Grazie."

"Nonché un'idiota."

"Come non detto."

"… il che va anche bene, ma voglio dire, ha una compagna. *Com-pa-gna*. Non una semplice ragazza né una semplice sposa, anche se quella l'avrà abbastanza presto. È parte di un legame che la maggior parte degli umani non riuscirà mai a capire. Il destino gli ha lanciato un osso a cui non avrebbe mai potuto resistere, e dal quale non potrà mai tornare indietro."

Siccome Misty era anche la volpe più carina, più morbida e al tempo stesso più meschina che avessi mai incontrato, di certo conosceva bene l'argomento. Ma io? Io stavo ancora imparando. Crescere in una città dove creature mitiche si mescolavano agli umani era un conto, ma frequentarli romanticamente era tutt'altra faccenda. Una che ti scombussolava a ogni occasione. E io ne avevo vissute tre, di occasioni.

Mai più. "Io non lo contatto mica."

"Ma rispondi se ti scrive."

"Beh... sì. Tu non lo faresti?"

"Uh, non lo so. Magari *no*." Misty sospirò, come una madre che dovesse ricordare alla bambina capricciosa perché non poteva giocare in strada. Dove io ero la bambina capricciosa, s'intende. "Senti, Coco. Tu sei gentile."

Non suonava come un complimento. "E il punto sarebbe?"

"Che lo sei *anche troppo*. Sei talmente dolce e gentile che al momento mi rendi il lavoro dannatamente difficile."

"La mia gentilezza ti mette in difficoltà al bancone?"

"No. Il tuo essere tanto buona da permettere al tuo ex ragazzo – che ti ha scaricato nel momento esatto in cui ha messo gli occhi sulla sua predestinata – di continuare a scriverti pur sapendo che la suddetta compagna gli taglierà le palle se solo lo scopre. Questo sì che mi rende difficile il farvi da guida – a te e alle altre due matte – nel mondo dei mutaforma."

"Non è questo il lavoro per cui ti paghiamo."

"Se non intervenissi io di tanto in tanto, finireste tutte per fare degli errori piuttosto sgradevoli. Come quella volta, ricordi, l'estate scorsa, quando il figo dai capelli neri ci provava con te? Quando già gli stavi attaccata addosso senza neanche avergli chiesto di che specie era?"

"È da maleducati."

"Tesoro, a questo mondo, la maleducazione è proprio quel che ti salva dall'uscire con una puzzola mutaforma. Devo spiegarti come sarebbe andata a finire?"

Oddio. No. Davvero non serviva. "Ok, d'accordo. Sono un'idiota perché sono gentile. È che non riesco a ignorare qualcuno, se mi rivolge la parola."

"Con i messaggi non si tratta di parlare: quelli degli ex fidanzati, poi, sono o inviti a letto o errori imminenti. Probabilmente entrambi. Quindi ignoralo."

Pensai a lungo alle sue parole, il tanto che bastò a me per un'infornata dei miei famosi éclair, e a mia sorella, Madeleine, per arrivare in negozio. Quest'ultima si calò immediatamente nella preparazione della torta dello sposo che avremmo servito alla cena di prova generale dell'indomani. E io? Pensai di ignorare Nico. Per quelle che sembrarono ore.

Ma ero convinta che Misty dopotutto si sbagliasse.

"Cosa c'è ora?" chiese Misty quando mi vide di nuovo fissare male il telefono.

"È che..."

"*Non* dirmi che stavi pensando di rispondere a Nico."

"Beh, ma..."

"No. No e basta. Tu non gli scriverai mai, e dico mai, più. Non c'è nessun buon motivo per cui dovresti farlo."

Ecco che veniva la parte imbarazzante. "È un invito."

"A cosa?"

"Al matrimonio."

Il viso di Misty rimase calmo, ma gli occhi... oh, gli occhi le brillarono di una luce severa. Conoscevo quello sguardo; era la sua volpe interna che spingeva per uscire. Quella dalla vena malvagia lunga un chilometro. Non ero proprio contenta di aver attirato la sua attenzione.

Con voce aspra, ogni parola scandita lentamente, Misty profferì: "Ti ha invitato al suo matrimonio."

Non era una domanda, e sì, ok. Messa così... Ma le cattive maniere di Nico non erano una scusa per comportarmi allo stesso modo. "Dovrei rispondere, giusto?"

"Quell'uomo ha proprio tanto coraggio, te lo dico io." Misty sbuffò camminando dietro il bancone, praticamente sconvolta. Anche Madeleine, sempre tranquilla, la osservava cautamente, con gli auricolari nelle orecchie e quindi probabilmente senza avere idea di cosa stessimo parlando, ma intuendo che qualcosa aveva scalfito la nostra roccia addetta al servizio clienti. Avevamo avuto code di gente fuori dalla porta e pazzi che sbraitavano quando finivano i loro biscotti preferiti, eppure non avevo mai visto Misty così fuori di sé.

Una cosa inaudita. "Misty?"

"Fammi pensare." Borbottò qualcosa tra sé, sempre sui suoi passi. Sempre senza una soluzione al problema. Una cosa decisamente inconcepibile. Madeleine si dileguò nel retro, probabilmente fingendo di cercare qualcosa nel ripostiglio. Ragazza intelligente, anche se le avrei poi fatto un bel discorsetto sul suo abbandonarmi alla mercé di una mutaforma delirante. Cattiva, Madeleine. Cattiva.

"Magari scrivo a Ginger." L'altra mia sorella, e quella con più esperienza sugli uomini. Letteralmente. Aveva zero vergogna, ma una scorta infinita di fiaschi e successi amorosi. "Forse saprà cosa fare."

Misty non mi rispose, quindi seguii il mio copione: mandai un messaggio alla più selvaggia delle mie sorelle, e sperai per il meglio.

Io: Credo di aver rotto Misty.

Ginger: Cos'hai combinato ora? Arrivo tra due minuti a rimetterla a posto.

Io: Non l'ho fatto apposta. Nico mi ha scritto di nuovo, ma stavolta per invitarmi al matrimonio. Che ne pensi?

I puntini della 'scrittura in corso' apparvero immediatamente, e la risposta spuntò in pochi secondi.

Ginger: Ti ha mandato un invito via messaggio? Che classe. Questo ti dà il permesso di scoparti suo padre dopo la cerimonia.

Davvero, non avrei dovuto essere sorpresa della risposta di Ginger. Non avrei dovuto, ma lo ero.

Io: *Non è esattamente quel che volevo dire.*

Ginger: *È quello che direi io, infatti.*

Questo sì che non mi sorprendeva affatto. Tenni gli occhi su Misty mentre preparavo il vassoio di éclair da esporre al bancone. Non sembrava ancora del tutto calma, quindi quella storia la infastidiva davvero. Dava fastidio anche a me, ma allo stesso tempo non era poi così sconcertante. A Nico era sempre piaciuto attirare la mia attenzione, e io... Beh, io ci cascavo ogni singola volta. Almeno, una volta lo facevo. Prima che lui trovasse la sua predestinata e mi lasciasse senza dire una parola. Tranne che per qualche messaggio cui avevo risposto solo per educazione. E un invito al suo matrimonio. Il suo *matrimonio*. Come se non fosse stato nel mio letto solo due mesi prima. Prima che... *Bam!* Il destino.

Che idiota ero stata.

Mentre finivo di allineare gli squisiti dolcetti ricoperti di cioccolato, la campanella sulla porta d'ingresso risuonò per la pasticceria. Doveva essere Ginger, aveva detto che sarebbe arrivata in soli due minuti. Con Misty fuori servizio e Madeleine latitante, avevo bisogno che l'altra sorella mi spiegasse cosa fare nella mia situazione. Mi serviva una risposta perfettamente a metà tra *Divertiti un mondo* e *Va' a quel paese, stronzo.*

E scusate il francesismo.

Mi affrettai alla cassa con il vassoio di éclair. "Misty è ancora rotta e non farò sesso con un padre di famiglia. Non se ne parla."

"Peccato che ho un figlio, allora."

Scivolai e barcollai, incontrando due occhi scuri e profondi e dando una bella botta contro il bancone. Mentre lui mi sorrideva.

Poi mi venne un colpo.

Non letteralmente, sarebbe stato troppo teatrale anche per me.

Ma lui era così…

Quasi mi cadde il vassoio.

Per fortuna, l'uomo lo afferrò e raddrizzò prima che facessi un pasticcio di pasticcini. I muscoli del suo braccio si gonfiarono – si gonfiarono proprio – con il movimento, come se cercassero di attirare la mia attenzione. Ma davvero, non c'era bisogno di sforzarsi così tanto. Quel tizio – quel cliente – era il modello vivente della parola *uomo*. Alto e grosso, con spalle larghe e vita stretta. La camicia nera che portava gli fasciava le braccia, le maniche tirate su con dei risvolti talmente perfetti da farmi sbavare.

A quanto pareva ero una feticista delle braccia.

Dal risvolto più alto faceva bella mostra anche la punta di un tatuaggio. Dandogli un non so che di rischioso. Quanto bastava a farmi palpitare. E non era neanche un giovane ragazzetto borioso. Aveva capelli e barba brizzolati. Un bel volpone proprio lì nella mia pasticceria.

E avevo appena detto che non avrei fatto sesso con un padre di famiglia.

Aprire bocca, inserire tappo.

"Tutto a posto?"

Il suo tono di voce mi mandò un brivido lungo la schiena. "Mi dispiace tanto. Pensavo fossi mia sorella."

"Ah, beh, questo spiega tutto."

Un altro sorriso, un altro brivido e un altro lieve barcollamento mentre cercavo di nuovo di raggiungere il bancone. Perché le ginocchia non mi funzionavano come avrebbero dovuto?

"Permettimi." Mi fece un sorriso mentre mi prendeva il vassoio dalle mani e lo appoggiava sul bancone. "Sai, non so se è un insulto che tu mi abbia preso per una donna."

Si voltò e incrociò le braccia al petto. Il petto largo e molto ben definito. I risvolti gli salirono un po' più in su, facendo vedere quel poco più di pelle e inchiostro e...

"Le donne non hanno muscoli del genere." *Aprire bocca, inserire tappo e tutta la dannata bottiglia.* Perché mai avevo pensato che parlare fosse una buona idea? Il viso mi prese fuoco e mi morsi il labbro, mentre a lui si allargava il sorriso.

"Grazie per averlo notato."

Come se si potesse non farlo. Ma era un cliente... e uno nuovo, per di più. Di sicuro non l'avevo mai visto in giro, il che voleva dire che era in città probabilmente per il matrimonio. *Calma, Coco. Stai calma. Efficiente. Professionale.*

"C'è qualcosa che ti va di assaggiare?" Suonò molto meno professionale – e molto più osé – di quanto volessi. "Cioè... vuoi qualcosa da mangiare?"

Zitta, zitta, zitta.

Mormorò tra sé, stendendo le braccia e dandomi una bella occhiata. "Mi ero fermato solo per un caffè, ma vedo tanti bei bocconcini."

Oh signore, fiamme. Ero in fiamme. Il viso, il collo, il petto... e più in basso. Fuoco puro.

"Raccomando gli éclair," dissi, con una voce fin troppo bassa e roca. "Sono i miei preferiti."

"È un sacco di *dolcezza* così presto al mattino. Non so se riesco a farcela."

Il modo in cui pronunciò 'dolcezza' fu quasi la mia fine. C'era una certa intesa in quella parola, una promessa di qualche tipo. Come se sapesse di *potercela fare benissimo*, e non intendesse la scarica di zuccheri. "Se non ci provi non lo puoi sapere."

"Sono perfettamente d'accordo." Guardò il vassoio, mormorando di nuovo. "Sai una cosa. Facciamo uno scambio. Io prendo uno di questi deliziosi éclair e una tazza di caffè. Sono appena arrivato in città e ho bisogno di qualcosa di *dolce* prima di mettermi al lavoro."

"Certo. Ma io cosa dovrei scambiare?"

"Tu puoi accompagnarmi a cena stasera."

Non una domanda, ma neanche una pretesa. "Oh... io..."

Mi girai di scatto quando Misty sbatté la porta della cucina; la volpe mutaforma non era più stressata ma decisamente incavolata. "Dammi il tuo telefono. Rispondo io per te a quello stronzo. Ed è meglio che non si aspetti che tu ti metta in ginocchio a..." Spalancò gli occhi, e anche la bocca, mentre guardava l'uomo di fronte a me. "Merda. Scusate. È che..."

Si sentì un rumore, una vibrazione che non sapevo riconoscere. Una che mi attirava, mi faceva venir voglia di strusciarmi contro l'uomo alle mie spalle e rannicchiarmi tra le sue braccia. Indietreggiai persino, proprio come sul punto di farlo... con uno sconosciuto. Un *cliente*. Che problemi avevo?

Al mio piccolo passo falso, Misty incrociò le braccia, sempre fissando il cliente anche mentre la stanza tornava in silenzio. Un sopracciglio le si incurvò sulla fronte, lo sguardo sul viso era uno di quelli che avevo già visto prima di allora. Uno che prometteva male. "Nuovo in città?"

Tornai a guardare l'uomo in questione giusto per vederlo fare una smorfia e alzare una spalla in maniera disinvolta. "Qui per il matrimonio."

Ovviamente. Il che significava che non sarebbe rimasto nei paraggi. Un velo di tristezza mi avvolse, uno che non aveva alcun senso. Non conoscevo quell'uomo, eppure la sua partenza mi feriva come se fossimo amici da anni. Avrebbe pensato che ero matta come un cavallo.

E non un cavallo mutaforma; quelli erano rari anche a Kinship Cove.

"Dovrei tornare al lavoro," dissi, scuotendomi dalla testa il pensiero di uomini che si trasformavano in asini e in pony. "Misty, il signore prende un éclair e un caffè."

Lei sbatté gli occhi, guardando da me a lui e viceversa. "Se lo dici tu."

"Aspetta." Il mio bel fusto mi prese il braccio, il tocco gentile ma caloroso. "Forse non l'ho chiesto nel modo giusto, ma è passato del tempo dall'ultima volta che ho fatto una cosa del genere. Vorrei davvero rivederti. Ci vieni a cena con me?"

Oddio, oddio. I suoi occhi. Mi possedevano, mi mettevano una voglia di spogliarmi sul posto e fargli certe cose. Mi facevano venir voglia di dire di sì a tutto quello che mi avesse chiesto. Ma il cervello me lo impedì in qualche modo... o dieci. "Non so neanche come ti chiami."

Ben fatto, Coco. Molto ben fatto.

"Magnus." Mi lasciò il braccio e mi offrì una mano da stringere. "E tu sei?"

"Coco." Afferrai la mano offerta, lasciando che mi tirasse verso di lui. Sussultando piano quando fui abbastanza vicina da sentire il calore sprigionato dal suo corpo.

"Il nome giusto per una tipa deliziosa come te. Ora, per quella cena?"

Non riuscivo a parlare ma solo ad annuire, il che gli bastò come risposta.

"Perfetto. Se posso..."

"Quel bastardo poco di buono." Ginger irruppe in pasticceria come una furia, senza neppure un'occhiata a me o a Magnus. "Che coraggio ha a scriverti così all'improvviso? Io voto ancora per scoparti suo padre, ma so che sei tutta responsabile, educata e cose del genere. Com'è che siamo sorelle, non ne ho idea. Ma... ehilà."

Si fermò, rivolgendo a Magnus un sorriso per cui molti uomini si sarebbero accapigliati volentieri. Dovetti trattenermi dal saltarle davanti.

Dovetti anche trattenermi dal ringhiare, ma quella doveva essere stata solo una strana reazione a... qualcosa.

"Ginger, lui è Magnus." Mi avvicinai a lui di un passo, incapace di resistere. "È in città per il matrimonio e si è fermato per un dolce. Questa è mia sorella, Ginger."

Rabbrividii quando le sue dita mi sfiorarono il braccio. "Buongiorno, Ginger."

"Buongiorno a te. Strano, perché di solito qui non vengono uomini così belli, la mattina presto." Portò quel suo sorriso da paura a un nuovo livello, facendomi avvicinare quel tanto di più a Magnus. "C'è altro che posso fare per migliorarti un po' la giornata?"

Stavo per darle un pugno.

Ma Magnus restò calmo. E tenne una salda presa sul mio braccio. Una possessiva. "In realtà, stavo giusto per scambiare informazioni con tua sorella qui. Ha accettato di venire a cena con me stasera."

A Ginger si illuminarono gli occhi, e le crebbe il sorriso. "Oh, beh, allora è fantastico. Ha proprio bisogno di una serata in città con un bell'uomo. È passato un po' di tempo dall'ultima volta, se mi capisci."

"Ginger," gemetti.

Magnus ridacchiò. "Beh, prometto di farla divertire. Ora però devo davvero mettermi al lavoro. Coco?" Il sorriso gli scomparve, e gli si infuocarono gli occhi quando mi voltai e mi ritrovai a fissarlo. "Mi serve il tuo numero di telefono."

Era una cosa così folle, così veloce e inaspettata, e non qualcosa che avrei fatto di solito. Ma tutto di quell'uomo mi sembrava perfetto: tutto mi attirava a lui. Avrei potuto trattenermi, non accettare l'appuntamento e passare la vita a chiedermi cosa fosse stato a farmi provare così tante cose, e così in fretta, per uno sconosciuto. O potevo correre il rischio e vedere cosa sarebbe successo.

Per quanto andasse contro la mia natura, ero pronta a correre il rischio.

"Giusto. Sì."

"E, Coco?"

"Sì?" Oh mio dio, era così vicino. In pratica mi circondava con la sua... maschiezza. Esisteva come parola? Mi importava qualcosa? Piuttosto sicura che la risposta a entrambe fosse no.

Magnus si avvicinò quanto bastava a sussurrarmi all'orecchio. "Spero che tu sia a tuo agio con la faccenda del padre di famiglia. Magari non stasera, ma…"

'Ma'… e poi basta. Non che avessi bisogno di chiarimenti, ma. Il sottinteso era chiaro. Se tutto andava bene, avrei fatto sesso con un padre di famiglia. Ma non il padre di Nico. Ero più che d'accordo.

Ero anche in guerra con il mio cervello per non dire semplicemente di sì e chiedergli di portarmi a casa con lui. Abbastanza alle strette da blaterare: "Dovresti davvero provare le ciambelle al limone."

Lui sbatté gli occhi. "Dovrei?"

"Sono le mie preferite."

"Allora sì."

Ciambelle al limone. Cosa diamine stavo dicendo? *Concentrati, Coco. Concentra-cacchio-ti.* "Magnus?"

"Sì?"

Mi alzai sulle punte dei piedi per avvicinarmi al suo orecchio, inspirando a fondo, e sussurrargli: "Non ho nulla contro i padri di famiglia".

La sua mano mi sfiorò il fianco come se volesse tirarmi più vicino. "Buono a sapersi."

"E, Magnus?"

Un'altra risata profonda. "Sì, Coco?"

"Non vedo l'ora che arrivi stasera."

Quella volta in effetti mi prese il fianco e mi tirò davvero più vicino. Abbastanza vicino da premermi i seni contro il suo petto mentre si sporgeva e ringhiava: "Anch'io. Non ne hai idea."

No, in effetti. Ma non vedevo l'ora di scoprirlo.

2
COCO

S cherzi." Magnus si tirò indietro sulla sedia, con gli occhi spalancati, come qualcuno cui uno scienziato avesse appena detto che la Terra era piatta. Io non ero uno scienziato e la Terra non era piatta, ma mia sorella era ciò che consideravo un'esperta di incontri online, e avevo appena raccontato all'uomo una delle sue storie più incredibili.

"Assolutamente no. Si è presentata, e l'uomo era su una bicicletta, senza denti, e con tutte le sue cose in una borsa. Da uomo d'affari in giacca e cravatta a senzatetto e tossico in un istante. Non credo sia mai stata così contenta d'essere in un luogo pubblico in vita sua."

"È così..." scosse la testa e prese il suo caffè "... bizzarro non è una parola abbastanza forte." Due sorsi e i suoi occhi erano di nuovo nei miei. Così intenso, quello sguardo. Quasi possessivo dal modo in cui mi catturava. "Fai molti... incontri online?"

Oh. *Oh.* Quella pausa. Magnus disse così tanto con quella pausa, e il tutto suonava di gelosia. Dovetti sforzarmi di non compiacermi troppo, proprio lì di fronte a lui. Che un uomo così virile e attraente fosse geloso al pensiero di *me* con qualcun altro? Era un enorme complimento. "Quello lo lascio a Ginger. È lei la regina degli incontri online."

"Quindi non accetti le richieste di amicizia."

"Non accetto un bel niente. Non puoi dire molto di una persona da una foto, sai?" Fu la mia gelosia stavolta ad alzare le antenne, colorandomi le parole di nonchalance. "E tu? Accetti spesso richieste?"

Il suo lento sorriso mi scaldò da dentro. "Neanch'io accetto richieste. Preferisco fare l'affascinante supereroe che salva le donne dal versare vassoi di paste. È lì che do il meglio di me."

"Davvero. Di sicuro sono rimasta impressionata."

"Allora sarò un supereroe tutti i giorni, solo per te."
Quello sguardo nei suoi occhi divenne più
concentrato, più intenso. Strinse la presa che aveva su
di me. "Quindi Ginger ha gli appuntamenti online, ma
c'è anche un'altra sorella. Vero?"

"Madeleine. Lei è più... beh, è bellissima e un po'
timida, quindi tende a uscire solo con persone scelte
per lei da qualcun altro. E anche quella è una cosa
molto rara."

"E tu?"

"Io?"

"Come preferisci incontrare gli uomini, prima di
uscirci?"

Non riuscii a trattenermi. "Mi piace avvicinarli con
vassoi di éclair e vedere cosa fanno."

Si tirò indietro, con le sopracciglia alzate e un sorriso
sghembo. Quasi presuntuoso. "Dimmi di più. Devo
assolutamente capire in che trappola sono finito,
questa mattina."

"Beh, vedi, se l'uomo riesce a salvare gli éclair, per me
è un vincitore. Se stamani mi avessi lasciato cadere
tutte quelle deliziose paste, adesso non sarei qui."

"Ho riflessi veloci, grazie al destino."

… Al destino. Non a dio. Quella parola fece crollare la mia intera percezione di lui, e le diede nuova forma. Una forma che mutava e rimbalzava nella mia testa. 'Grazie al destino' era un'espressione che avevo sentito spesso in città, e doveva significare che fosse un mutaforma di qualche razza. Dannazione, e tutto stava andando così bene. Avevo giurato di smetterla con i mutaforma dopo Nico. E invece eccomi lì, ancora una volta a flirtare con una sicura, futura delusione. Non importava quanto ci tenessi a lui, non importava quanto mi dicesse che ero importante per lui, un giorno il destino gli avrebbe messo davanti la sua vera compagna di vita e *puf*… lui se ne sarebbe andato.

C'era un'intesa tra noi, certo, ma non era niente in confronto a quella di una coppia predestinata. Almeno, immaginavo che non lo fosse. Non sapevo quanto fosse intensa, ma l'avevo vista con i miei occhi qualche volta. C'ero stata abbastanza vicina da vedere due persone predestinate cedere a quell'attrazione. Ma *questa* attrazione, *questa* vicinanza che sentivo con Magnus, non poteva essere quella. Se fossi stata la vera compagna di Magnus, lui avrebbe detto qualcosa. Me l'avrebbe detto o mi avrebbe fatto sua o… qualcos'altro. Anche se ero solo un'umana. Sapevo che a volte mutaforma e umani finivano accoppiati in quel senso, e a essere onesti invidiavo quelle coppie. I mutaforma si accoppiavano per la vita; senza ripensamenti, senza seconde occasioni, senza lasciarsi. Certo, non erano relazioni sempre perfette, ma quel tipo di legame era indistruttibile.

Il mio cuore, invece, non lo era.

"Dove sei finita?" chiese Magnus un po' preoccupato, avvicinandosi. "Ti sono passate troppe emozioni sul viso per seguirle tutte."

"Scusa. È che... Insomma, sei un mutaforma."

All'improvviso sembrò un po' diffidente. "Sì. È un problema?"

Lo era? Quell'uomo era incredibile; bello e sveglio, divertente e gentile. Ogni parte di me era attratta da lui, specialmente le mie parti femminili. Non avevano fatto che chiamarlo per nome da quando mi aveva incontrato davanti al ristorante, così terribilmente bello. Mi ero pentita quasi all'istante di non essermi fatta venire a prendere a casa, in modo da stare con lui da sola e a porte chiuse, in modo da poterci conoscere meglio. Con molti meno vestiti addosso.

Stupide regole per appuntamenti pensate da una vecchia bisbetica. E single.

Ero stata molto vicina al farmi venire a prendere dal mio gentiluomo, ma Ginger aveva stroncato ogni buona intenzione con la storia di un ragazzo conosciuto online che aveva trovato il suo indirizzo e l'aveva assillata per settimane prima che il leone della porta accanto gli avesse rifatto i connotati. Con una bella zampata. Insomma. Io non avevo un leone mutaforma alla porta accanto, quindi incontrare Magnus in un luogo pubblico mi era sembrata la soluzione più sicura.

Ma non c'era modo di stare al sicuro da Magnus. Era il pericolo fatto a persona, specialmente per il mio cuore. Mi piaceva... molto. Probabilmente troppo. Qualcosa era scattato tra di noi, qualcosa mi attirava a lui. Amavo come mi faceva sentire, e amavo la naturalezza con cui avevamo conversato a cena. Amavo i sorrisi e le battute e la maturità con cui si comportava. Era un uomo spiritoso, distinto e terribilmente sexy... cosa potevo chiedere di più? E se nel giro di qualche settimana o di qualche mese avesse trovato la sua vera compagna e se ne fosse andato?

Beh, mi sarei leccata le ferite quando il momento fosse arrivato. Non letteralmente. Non avevo granché di felino.

"Coco?"

Oh, giusto. Mi aveva fatto una domanda. "Sì. Scusa." Il suo sorriso svanì e il viso gli si irrigidì. Mi ci volle un secondo per tornare indietro e rendermi conto che avevo appena risposto in modo affermativo alla domanda se per me *era un problema* che lui fosse un mutaforma. Ops.

"No. Voglio dire, no. Cioè… mi dispiace tanto. Il fatto che tu sia un mutaforma non è un problema. Sono già uscita con alcuni di loro."

Non ne sembrò molto entusiasta. "Ah sì?"

"Qui in città? Non c'è scampo."

"E a te sta bene?"

"Certo." L'avvertimento di Misty mi tornò in mente. "Aspetta, non sei una puzzola mutaforma, vero?"

Magnus sembrò decisamente insultato. "Diavolo, no. Sono lupo dalla testa ai piedi."

Come Nico. *Meraviglioso.* "Sono già uscita con un lupo. So che…"

Il suo ringhio improvviso mi interruppe. Lo fissai, incapace di distogliere lo sguardo. Non per la paura, in realtà, più... per l'eccitamento. Quel suono mi attirava in un modo che non capivo. L'avevo sentito anche in pasticceria – non sapendo cosa fosse, quella mattina – e avevo reagito allo stesso modo. Volevo accoccolarmi tra le sue braccia e stringermelo tutto. Volevo strofinare la guancia contro la sua e placare la sua bestia interna. Il che avrebbe potuto essere imbarazzante. Eravamo in un bel ristorante, dopotutto.

Ma riuscivo comunque a riconoscere ogni mutaforma presente. Tutti quelli che si erano irrigiditi e si erano girati nella nostra direzione anche dall'altra parte della stanza. Quelli che riuscivano a sentirlo. Che percepivano il pericolo. L'uomo con cui uscivo era pericoloso. Non avrebbe davvero dovuto essere così eccitante.

"Tutto bene?" chiesi, tenendo la voce bassa per non attirare più attenzione di quella che già ci stavano dando.

Magnus silenziò il ringhio con un colpo di tosse. "Scusa. Mi ha preso alla sprovvista."

"Cosa? Che sia già uscita con..."

"Sì."

"Non mi hai fatto finire."

"Non serviva: il fatto che tu ci sia già uscita basta e avanza."

Quest'uomo. "Sei geloso."

I suoi occhi mi catturarono, affamati e predatori. Probabilmente era il lupo che mi stava fissando. "Certo che sì. Come potrei non esserlo, con una donna così bella e affascinante come mia compagna... compagnia? Come mia compagnia."

Se solo avessi potuto essere davvero sua. Ma quello – quel nostro stare insieme – sarebbe dovuto bastare. Sarei stata al gioco se avesse significato passare più tempo con lui. Avrei solo dovuto proteggermi il cuore. Mantenere una distanza di sicurezza da qualsiasi legame sentimentale. Del tutto fattibile. "Ammaliatore."

"Faccio del mio meglio. Vuol dire che ci sto riuscendo?" Si avvicinò, con un altro sorriso, cercando la mia mano con la sua.

Gliela concessi. "Per ora, sì."

"Mi sta bene. Magari un giorno avrò un sì convinto."
Alzò un sopracciglio. "Magari te ne farò gridare
qualcuno, uno dietro l'altro."

"Cattivo bambino. Cattivo."

"Sono così solo con te, mia dolce Coco. Solo con te."

Quindi... forse la distanza emotiva non era così
fattibile come avevo pensato all'inizio. Sarebbe
comunque andata bene. Alla perfezione. Avrei trovato
il modo di tenerlo a bada.

Speravo.

Magnus pagò il conto appena arrivò, insistendo
quando mi offrii io. Scostò anche la sedia per farmi
alzare, e mi tenne una mano in basso sulla schiena
mentre uscivamo dal ristorante. Tutte cose semplici,
ma così importanti. Così dolci e galanti, ormai sempre
più rare. Ero completamente sopraffatta.

"Sono stata proprio bene," dissi, in piedi sulla porta di
casa e sentendomi un po' troppo come un'adolescente
al primo appuntamento.

Magnus sorrise, guardandomi. "Anch'io. Spero che mi
lascerai di nuovo portarti fuori."

"Sì."

"Non un 'per ora' sì, ma un vero sì? Devo essere migliorato."

"È il tuo fascino. Si moltiplica."

"Buono a sapersi." Mi strinse a sé, avvolgendomi tra le braccia e chinandosi. Travolgendomi i sensi uno a uno con la sua sola presenza. "Vorrei tanto darti il bacio della buonanotte, Coco."

Oh, grazie a dio. "Lo vorrei tanto anch'io."

E lo fece. Premette leggermente la lingua contro il mio labbro, sfiorandolo. Mi strinse sempre di più con le sue mani forti, tirandomi a sé. E quando socchiusi la bocca, quando aprii le labbra per incontrare la sua lingua con la mia, tutta quella sensazione di morbidezza e leggerezza si tramutò in forza, fretta, urgenza.

Magnus mi accarezzò la lingua, con un basso ringhio in gola, facendomi gemere. Il suono lo incitò. Mi afferrò sotto le cosce e mi sollevò premendomi contro la porta d'ingresso, e io gli avvolsi le gambe intorno ai fianchi. Sentivo il legno freddo contro la schiena, ma non mi importava. Magnus era abbastanza ardente di suo da scaldarmi tutta. E il suo bacio… deciso, energico, e dal sapore di menta del dolce che avevamo condiviso a cena. L'uomo si gustò la mia bocca come fosse un vino pregiato, mi leccò e succhiò e mordicchiò le labbra come il dessert più stuzzicante del mondo. Mi baciò come un uomo a cui piaceva davvero baciare. Un bacio perfetto in un momento perfetto con un uomo perfetto.

Un uomo con un lavoro, da qualche parte, e magari una compagna perfetta che aspettava solo lui.

Quel pensiero fu uno scroscio d'acqua fredda sul mio eccitamento. Mi allontanai, interrompendo il bacio e facendo spazio... letteralmente, tra di noi. Respirare era dura – e sì, lo era anche Magnus – ma avevo bisogno di un momento. Dovevo tenere la mente lucida e allontanarmi da quel selvaggio senso di completezza che provavo accanto a lui. Potevamo uscire insieme, potevo portarmelo a letto, ma non potevo metterci di mezzo il cuore. Non di nuovo. Non dopo che Nico l'aveva fatto a pezzi senza pensarci due volte. Non dopo che ci era voluto così tanto per rimettermi in sesto, l'ultima volta che un mutaforma mi aveva sconvolto la vita.

Distanza. La distanza era una buona cosa. Allora perché stringevo Magnus così forte?

"Coco?"

Rabbrividii al suo tono di voce, desiderando così tanto trascinarlo in casa e fargli ogni sorta di oscenità. *Calma.* "Dovrei entrare."

Magnus sospirò piano, ma annuì. "Certo. Scusa se sono stato troppo invadente."

"No." Mi tenni alle sue braccia mentre mi faceva scendere, non volendolo lasciare. Ma dovendo. "Non è quello. È che... mi piaci."

Mi strinse i fianchi. "Non ci vedo alcun problema."

Certo che non lo vedeva. E non ero sicura di come spiegargli le mie preoccupazioni. "Non c'è nessun problema. Voglio solo... prendermi il mio tempo."

"Certo. Qualunque cosa tu voglia, andremo al tuo passo," disse, aprendomi la porta. "Ho come l'impressione che sia già passata l'ora di andare a letto. Mi assicuro solo che tu ti chiuda per bene in questa casetta incantevole, ok?"

"È un modo per entrare?"

Magnus ringhiò e mi bloccò sulla soglia della porta, sovrastandomi. "Verrò ovunque mi darai il permesso, mia bella. Ma non stasera."

Respirare era così dannatamente difficile. "Non stasera."

Magnus sorrise e mi fece scorrere un dito sulla guancia, strofinando il naso contro il mio in un dolcissimo bacio a farfalla. "Perché vuoi prenderti il tuo tempo."

Quella voce. Avrei scommesso che Magnus sarebbe riuscito a farmi venire anche solo parlando con quella voce profonda e sexy. Regole per appuntamenti? La me del passato era stata proprio una stupida guastafeste. "Già. Il mio tempo. Dovrei... sì."

"Vai a letto, Coco. Ti chiamo domani."

Non l'avrebbe fatto, ma mi piaceva comunque che me lo promettesse. "Ok. Buonanotte, Magnus. Sono stata davvero molto bene."

"Buonanotte. Ti chiamo, domani. Preparati."

Come se si potesse mai essere preparate per un uomo come lui.

Compagna. La parola mi risuonava in testa sferzandomi tutti i sensi, uno per uno. Avevo incontrato la mia compagna. Non me l'ero aspettato – non dopo tutti quegli anni – ma qualcosa di quella pasticceria mi aveva attirato. Qualcosa mi aveva forzato la mano e costretto ad aprire la porta. Il mio lupo me l'aveva praticamente imposto. Cazzo, meno male che ormai avevo imparato a dargli retta, o l'avrei mancata.

La mia Coco.

Una splendida donna con lunghi capelli castani e un viso che scaldava il cuore con ogni sorriso. E curve a non finire, a cui un uomo si sarebbe volentieri aggrappato per sempre. Che facevano venire voglia di baciare e leccare ogni fossetta. E quella bocca... com'era fatta, e come parlava. Quella donna era tentazione pura, un dessert lussurioso dopo un pasto scadente. E io me la volevo divorare tutta.

L'unico problema? Era umana. *Umana*. Il che voleva dire che dovevo prendermi del tempo per conoscerla e per farla conoscere al mio lupo, e non con la rapidità che mi suggeriva l'istinto. Non potevo pretendere che provasse la stessa forte spinta che io provavo per lei, o lo stesso bisogno di accoppiarci e ultimare il nostro legame. Per una volta nella mia lunga vita, dovevo prendere le cose con calma. Darle il tempo di conoscermi. Aspettare il momento giusto.

Tutte cose che sapevo di *dover* assolutamente fare. E tutte cose che mi facevano letteralmente impazzire.

Motivo per cui mi ritrovai ad aprire la porta di 'Fondenti e Contenti' per il secondo giorno di fila, incapace di stare alla larga. Mi ero svegliato duro e dolorante, sognando che lei fosse con me nel letto. Volendo solo scivolare in quel suo calore umido e guardarla sciogliersi sotto di me. Ero dovuto uscire a farmi una bella corsa prima di poter iniziare la giornata. Il mio lupo ci aveva fatti sfiancare, consumandomi i muscoli ma non i pensieri. Non riuscivo a dimenticare com'era la pelle di Coco sotto le dita, o il sapore delle sue labbra. Il suo corpo morbido contro il mio. Un bacio della buonanotte e dei momenti rubati per strusciarci un po', ed ero sconfitto. Posseduto. Accoppiato.

Alla dannata buonora.

"È tornato il bell'uomo." Ginger, la sorella che avevo incontrato il giorno prima, mi fece un sorriso mentre infilava un vassoio di cupcake colorati nella vetrina del bancone. "Cosa ti riporta qui? E se dici qualcosa che non include mia sorella, potrei anche castrarti."

Il fatto che l'avesse detto con il sorriso sempre sulla faccia era probabilmente anche più spaventoso che se fosse stata seria. "Grazie per l'avvertimento ma stai tranquilla, sono qui per Coco."

"Bene. Vieni sul retro, sta lavorando a un ordine di macaron per un evento." Strappò un pezzo di carta cerata lungo il percorso, mettendo la mano in un contenitore e afferrando quel che sembrava un panino di qualche tipo.

"Torta bretone al burro," disse porgendomela. "Coco ha fatto pratica con un pasticcere francese dopo la scuola di cucina. I suoi éclair sono buoni da morire, ma queste sono un classico."

Diedi un morso alla pasta, con la voglia di darne uno anche alla mia compagna, ma il sapore dolce e burroso mi dileguò ogni pensiero in un istante. Ok, non tutti i pensieri – ero un uomo che riusciva a fiutare nell'aria l'odore della sua compagna, cazzo – ma abbastanza da concentrarmi sulla pasta solo per un momento. "È deliziosa."

"Vero, e le fa tutti i giorni. Se sei fortunato magari te le farà anche a casa." Il sorriso le divenne decisamente malizioso mentre oltrepassava la porta della cucina. "Spero non ti dispiaccia dover fare un po' più di ginnastica."

Alzai gli occhi al cielo alle sue parole, pensando comunque che ci poteva anche stare una corsa in più al giorno. Tra gli zuccheri e l'energia repressa che mi ribolliva dentro, un po' di allenamento poteva tenere a bada sia me che il mio lupo. Inoltre, Kinship Cove era il posto perfetto per passare un po' più di tempo nella mia forma lupesca. Tra i fitti boschi, gli altri mutaforma, e la lunga costa a ovest della cittadina, il posto era ideale per uno come me. Uno che preferiva un po' di libertà per far uscire il proprio lato animale.

Certo, poi vidi Coco chinata su un vassoio di dischetti rosa con in mano una borsa bianca a forma di cono.

Tutti i pensieri di starle lontano anche solo per un minuto svanirono all'istante. *Compagna. Mia.*

"Ehi, donna dei biscotti," disse Ginger a voce alta. "Hai una consegna."

Ma Coco non alzò neanche lo sguardo. "Cinque minuti. Dammi solo cinque minuti per metterli insieme prima che la crema si indurisca troppo e non riesca a farli attaccare bene."

"Posso aspettare." Sorrisi e diedi un morso alla pasta mentre la testa di Coco si alzava di scatto. Quel sorriso, quegli occhi scuri... cazzo, era bellissima. Volevo buttarla a terra e farmela per giorni. Invece divorai la pasta e la squadrai. "Sei splendida stamani, anche se la cosa non mi sorprende. È difficile nascondere tanta bellezza."

Il suo sorriso mi infiammò il petto e il leggero rossore che le salì al collo mi scaldò anche altre parti del corpo. "Che ci fai qui?"

"Ti avevo detto 'a domani'. E siamo a domani."

"Avevi detto che avresti chiamato."

"Vederti di persona mi sembrava un'idea migliore."

Dolce. Dolce sorriso, dolce chinarsi della testa, dolce rossore sulle guance... tutto di quella donna era dolce. Mi venne l'acquolina in bocca al pensiero di scoprire quanto era dolce ogni centimetro di lei.

Coco scosse la testa, mordendosi il labbro come per trattenere un sorriso. "Sono felice che tu sia qui, ma devo..."

"Cinque minuti. Vai avanti e finisci il lavoro. Ti aspetto."

Quella doveva essere la risposta giusta, perché invece di tornare al lavoro Coco si precipitò da me. Ebbi appena il tempo di prenderle un fianco con la mano prima che le sue labbra fossero sulle mie, il suo odore intorno a me, il suo sapore sulla mia lingua. Ringhiai, incapace di trattenermi, desiderando più tempo con la mia compagna... e se possibile, con meno vestiti addosso.

"Ciao," sussurrò quando infine allontanò il viso e si appoggiò con la mano sul mio petto. "Sono così felice che tu sia passato."

"Lo sono anch'io. Sono sfacciato se dico che mi sei mancata stanotte?" La baciai sul naso dopo che scosse la testa. "Bene. Perché mi sei mancata. Ora vai a finire il lavoro così posso tenerti un po' per me."

"Ok. Ci vorranno pochi minuti."

"Ho tutto il giorno per te."

Arrossì di un delizioso colore rosa, vivido quasi come quello dei macaron che stava preparando. Il suo sorriso crebbe, e seppi di aver fatto la cosa giusta. Detto le parole giuste. Avevo appena reso felice la mia compagna, che era il mio bisogno più grande. Dentro di me il lupo praticamente ballava, con la coda all'insù e la schiena dritta, lo stronzo presuntuoso. Non potevo comunque biasimarlo. Rendere felice la nostra compagna era il nostro unico obiettivo. Un punto per il vecchio e il suo lupo rompipalle.

Mentre Coco si sistemava dietro il suo vassoio di dischetti rosa, la volpe mutaforma del giorno prima arrivò di corsa dal retro. Gli occhi le si spalancarono quando mi vide, e rallentò il passo: un predatore che ne riconosceva uno più pericoloso nelle vicinanze. Qualcosa nel suo linguaggio del corpo mi colpì, mi fece pensare che la donna poteva essere più un ostacolo che un alleato nel mio accoppiamento con Coco. Dovevo occuparmi di lei. Immediatamente.

"Buongiorno, Misty," disse Coco, ancora concentrata sul suo lavoro.

"Buongiorno, capo. Ti chiederei com'è andato l'appuntamento, ma data l'ombra che hai incollata addosso, posso anche indovinare."

Non potei resistere dallo stuzzicare la mia compagna. "No, ti prego. Chiedi. Muoio dalla voglia di sapere quanto sono stato affascinante."

Coco ridacchiò piano. "Stai andando benissimo. Il fascino si moltiplica, ricordi?"

"Certo che sì."

Mentre la volpe mi passava accanto, tenendo gli occhi nei miei finché non fu oltre la porta che dava sull'ingresso della pasticceria, io finii la mia pasta. Poi le andai dietro. L'altra sorella era scomparsa nel retro della cucina e i macaron tenevano Coco distratta, perciò potevo prendere Misty da parte e capire qual era il suo problema. Non potevo rinunciare a quell'occasione.

Mi pulii le mani e gettai via la carta cerata che era rimasta. "Vado a prendere una tazza di caffè. Torno subito."

Coco annuì, troppo concentrata anche solo per alzare lo sguardo. Bene. Quindi avevo qualche minuto, a meno che non spuntassero le sorelle. Passai dalla porta fin nell'ingresso del negozio, appena in tempo per vedere la volpe legarsi un grembiule in vita.

"Ti faccio davvero un caffè o devo fare finta?" chiese, più irritata di quanto avrei voluto. E di sicuro al mio lupo non piaceva quel tono, tanto che dovetti trattenere un ringhio.

"Facciamo davvero," risposi, tenendo gli occhi su di lei. Doveva sapere chi era l'animale più forte. "Me ne serve giusto uno in più stamani."

"In piedi fino a tardi a pensare alla tua nuova compagna?"

Non c'era andata lontana. "Forse."

"Eppure non eri con lei." Scrollò le spalle e mi passò accanto per andare all'enorme macchina del caffè nell'angolo. "Non ha l'odore di una donna che è stata reclamata dal compagno."

"Perché non l'ho fatto. Non gliel'ho nemmeno detto, non ancora."

Lei mi guardò da sopra una spalla, aggrottando la fronte. "Che siete compagni?"

"Esatto."

Mi infastidì vederla alzare gli occhi al cielo. "Vive in una città di mutaforma. Sa come funzionano *le cose*."

Feci qualche passo. Come facevo a stare fermo? "È *umana*. Sapere come funziona l'accoppiamento dei mutaforma e trovarcisi nel bel mezzo sono due cose del tutto diverse."

"Certo," disse la volpe, allungando la parola con dannato sarcasmo. "Immagino che sappia molto più di quanto le dai credito."

"Forse sì, ma non posso correre il rischio di sopraffarla. Voglio darle la possibilità di conoscermi prima di farla tutta... *mia*." Ringhiai; l'idea allettava il mio lupo nel modo più primitivo.

Misty piegò la testa, aggrottando la fronte mentre mi osservava. "Mi sorprende che tu riesca a resistere all'urgenza dell'accoppiamento. Non in molti maschi ci riescono."

"Non è facile." Quello era un eufemismo. Se il mio lupo si fosse agitato un altro po', avevo la sensazione che persino correre fino allo sfinimento per le foreste fuori città non gli avrebbe impedito di andare dritto da Coco e darle un morso. O una leccata. Ma non potevamo. "Vuole prendersi il suo tempo. E per quanto non voglia sprecare un solo secondo, vale la pena aspettarla."

"Proprio così." Misty mi diede una pacca sulla spalla, senza preoccuparsi di come mi scansai dal suo tocco. Non era la mia compagna, non mi piaceva che un'altra donna mi mettesse le mani addosso. Non da quando avevo messo gli occhi sulla mia Coco. Misty ridacchiò e si affrettò ad andarsene, probabilmente sapendo di avermi spinto al limite della sopportazione. Infida volpetta.

Premurosa, anche. "Ti rendi conto che per me è una di famiglia, vero?"

Alzai le spalle. "Certo. Ok."

"E noi volpi... proteggiamo i nostri." Si avvicinò, guardandomi dritto negli occhi. Senza tirarsi indietro. "Il mio branco è uno dei più grandi del paese. Se la freghi, ti daremo tutti la caccia."

Una volpe con un bel caratterino. Che novità. "È una minaccia?"

"No. È una promessa. Feriscila, e te la vedrai con noi. Trattala bene, e tra noi andrà a meraviglia."

Potevo anche rispettare quel genere di ultimatum. "Trattarla bene non sarà un problema. Ho intenzione di trattarla come una principessa."

"Bene. Ora, porta fuori la nostra ragazza per il brunch."

Alzò gli occhi al cielo quando il mio lupo ringhiò a quel 'nostra'. Non potei farne a meno: Coco era mia, e non l'avrei condivisa, cazzo. Mai.

4

COCO

Il primo appuntamento era stato la cena fuori, quando Magnus mi aveva riaccompagnata e mi aveva baciata davanti alla porta di casa.

Il secondo appuntamento era stato un lungo ma semplice brunch nel locale in fondo alla strada della pasticceria, quello gestito dalla famiglia di Misty.

Il terzo appuntamento sarebbe stata un'altra cena. Tre appuntamenti in poco meno di ventiquattr'ore; doveva essere un record. Almeno per me. Ma non era quello che mi preoccupava. Non proprio. Quella sera era l'appuntamento numero tre. La sera del terzo appuntamento, il che implicava del sesso. Non necessario né obbligatorio ma comunque previsto, senza veramente pensarci su. L'anticipazione di quel che sarebbe potuto succedere mi era cresciuta dentro tutto il giorno; la sensazione che la nostra relazione avrebbe fatto un salto in avanti mi bruciava sotto pelle. Non aspettavo altro, ma allo stesso tempo mi spaventava fare il fatidico passo. Conflitto, il tuo nome è Coco.

Se fossi stata Ginger, avrei fatto entrare Magnus direttamente in casa, quella prima notte. Lei tendeva a tuffarsi subito di testa e a pensare a cosa c'era nell'acqua solo dopo. Se fossi stata Madeleine, Magnus avrebbe probabilmente dovuto aspettare l'eternità per arrivare alle mie parti intime. Ero abbastanza sicura che mia sorella minore fosse una vergine convinta, il che andava benissimo per lei. Io? Non ero né una ninfomane né una verginella. Da lì la regola del terzo appuntamento che in qualche modo era nata nel corso degli anni. Tre appuntamenti sembravano il tempo giusto per conoscere qualcuno, abbastanza da rendersi disponibili per... cose. Cose oscene. Cose nude. Dovevo radermi le gambe. E... altre parti del corpo. Nel caso in cui.

Sia che fossi pronta a lanciarmi a capofitto in una relazione con Magnus o meno, il desiderio c'era di sicuro. Avrei voluto trascinarlo in casa e spogliarlo già dopo il primo appuntamento, ma l'idea di affezionarmi a lui, visti i miei precedenti, mi aveva rallentato. Come potevo innamorarmi di lui – perché sarebbe sicuramente successo – quando sapevo che tanto avrebbe trovato la sua compagna proprio mentre stava con me? A quanto pareva ero un portafortuna vivente per i mutaforma in cerca dei loro compagni predestinati. Tre volte – *tre* – l'uomo con cui uscivo era stato baciato dalla sorte. Doveva essere una specie di record. O di battuta. Tre sconfitte ed ero fuori dal gioco, o almeno così avevo pensato.

La paura che Magnus mi lasciasse per la sua compagna predestinata rimaneva, ma il mio desiderio di stare con lui in ogni modo possibile cresceva. Forse non era altro che un mio rifiuto, ma ero in pieno stato mentale 'goditi il momento finché dura'. E mi sarei goduta ogni singolo *centimetro* di Magnus finché il destino me l'avesse permesso.

"La torta dello sposo è pronta per la cena di prova di domani. A che punto sei con i cinquecento macaron?" chiese Ginger, la voce un po' stridula perché eravamo al telefono. Avevo il piede appoggiato sul water, la gamba ricoperta di schiuma e un rasoio in mano: non proprio la situazione ideale per parlare di tempistiche, ma si poteva fare.

"Finirò domattina. La maggior parte è già pronta e sistemata. Quindi in pratica per la cena di prova è tutto fatto. E i cupcake per gli addii al celibato e al nubilato? Quando ho controllato ne mancava una quarantina per completare l'ordine."

Ginger si animò. "Ci penso io. Quelli dolci e salati sono già fatti, devo solo ricoprirli di granella di pretzel per finirli. Quelli alcolici li ho già messi in ammollo nel liquore. Devo fare la glassa al burro e riempirli, quei maledetti, e sono pronti."

Bene. Il programma dei festeggiamenti di nozze era fitto: dovevamo lavorare con un buon anticipo. "E gli addii sono dopodomani, quindi abbiamo tempo. Come sta venendo la torta nuziale?"

Madeleine gemette. "Tutti quei merletti di glassa mi prendono un sacco di tempo, e le roselline che vuole la sposa si perderanno, in quella mostruosità."

"Ma riuscirai a farla in tempo?"

"Non lo faccio sempre?"

Sì, in effetti. Ma non era che non avremmo controllato, per sicurezza. Ognuna di noi aveva il suo ruolo: Madeleine decorava tutto quel che facevamo io e Ginger. Aveva un talento artistico con il fondant e la crema al burro, e faceva torte di zucchero filato con l'abilità di un ragno con la ragnatela, intagliando persone o animali in quelle che erano alla fin fine solo uova e farina, creando capolavori commestibili.

Ginger si occupava per lo più di biscotti e cupcake. Era creativa proprio come Madeleine ma il suo talento si concentrava più su combinazioni e profili aromatici, cui i nostri clienti non sapevano resistere. La donna era riuscita a inventare un cupcake con bacon e sciroppo d'acero che creava sempre la fila in negozio.

Io? Ero una pasticcera di formazione scolastica, quindi non mi allontanavo troppo dalle paste e dalle torte dell'intramontabile tradizione francese. Tutte quelle che richiedessero precise conoscenze tecniche per riuscire bene. La mia specialità, però? Quella che ci aveva reso *famose* tra le altre pasticcerie? I macaron. Eravamo rinomate per quelli, soprattutto quando noi tre univamo le forze. Tra i mix di sapori di Ginger, le decorazioni di Madeleine e il mio talento nel dare ai macaron una consistenza semplicemente perfetta, sfornavamo dolcetti per cui la gente si sarebbe messa in ginocchio. Sarebbe stato così anche per quelli della cena dell'indomani.

"Va bene," dissi mentre mi passavo il rasoio sul polpaccio per l'ultima volta. "Quindi domani i macaron sono il pezzo forte. Possiamo finire i cupcake una volta che quelli sono pronti per la consegna."

"Affare fatto," disse Ginger. "Quindi, ci possiamo concentrare sulla cosa più importante?"

Non mi venne in mente nulla. Il matrimonio di Nico era il più grande evento dell'anno, e avevamo la prenotazione per i dolci della cena di prova l'indomani, degli addii al celibato e al nubilato la sera successiva e la torta nuziale il sabato. Non c'erano impegni più importanti.

Non avevo idea di cosa dovessimo discutere. "Di cos'è che stiamo parlando?"

"Il tuo appuntamento con Magnum."

"Magnus."

Ginger ridacchiò. "Penso che Magnum gli stia meglio. O no? Racconta tutto."

Come se avessi potuto parlare così tranquillamente del suo... oh maledizione, lo avrei fatto sicuramente, e le mie sorelle lo sapevano. "Non saprei."

"Aspetta... cosa?" Ginger sembrava inorridita. "Com'è che non l'hai ancora collaudato?"

"Forse sta aspettando il momento giusto." Madeleine. Ovviamente.

"Grazie, Mad. Sto ancora aspettando, più o meno."

"E cosa? Natale?" Ginger sembrava quasi offesa all'idea. "Potrà anche avere del grigio nella barba ma cazzo, non è Babbo Natale, Coco."

C'era una barzelletta in quella frase, una che iniziava con 'oh-oh-oh', ma non avevo tempo per pensarci. "Non è che aspetto qualcosa di preciso. È che…"

Non volevo che il destino mi desse un'altra botta in testa.

"Volevo conoscerlo," intervenne Madeleine.

"Forse." Era un no, ma suonava meglio così.

"Quindi, lo conosci bene?"

Come spiegare a Madeleine – la presunta vergine – che non lo conoscevo bene, ma ero comunque pronta. "Più o meno."

"Che stronzata. Cosa fa di lavoro?" chiese Ginger, sembrando all'improvviso un avvocato invece che un pasticcere. "Come mai è in città? E dove abita?"

"Beh…" Oddio, non mi avrebbero mai dato tregua. "Non sono sicura."

"Quindi l'hai conosciuto abbastanza da farci sesso, ma in realtà non sai niente di lui." Il sarcasmo di Madeleine avrebbe potuto benissimo essere una frustata telefonica.

"Non ho mai detto che avesse un senso."

"Sei così trasparente," disse Ginger con una risata. "Hai paura ad affezionarti se sai che potrebbe trovare la sua predestinata in qualsiasi momento."

Già. Trasparente. "Non puoi negare che è una possibilità."

"È una scusa. Vuoi l'uccello, prendi l'uccello. La libidine ha un senso. Il sesso ha un senso. Tutte quelle cose su amore e anime gemelle e per sempre… è quella la roba che non ha senso. Il sesso è facile."

"Chi lo dice?" chiese Madeleine.

"Lo dico io. E scommetto che Coco è d'accordo, vero, sorellina?"

Odiavo quando mi mettevano in mezzo. Odiavo ancora di più il fatto che Ginger potesse avere ragione: libidine e sesso erano semplici. La parte difficile arrivava quando il mio cuore restava coinvolto. Il che significava che potevo fare sesso con Magnus, ma non potevo innamorarmi di lui.

Avevo la netta sensazione che fosse più facile a dirsi che a farsi.

"Sentite, ragazze. So che cercate di aiutare…"

Per fortuna fui salvata dal citofono. Letteralmente.

"Ops, dev'essere Magnus alla porta. Devo andare." Riattaccai e finii di togliermi la schiuma dalla gamba, sperando contro ogni speranza di aver tolto tutti i peli. Altrimenti, beh… non c'era niente che potessi fare ormai. Afferrai il telefono e la borsa e mi diressi alle scale, in attesa di un'altra notte a parlare a un tavolo, a lume di candela. In attesa di qualche ora da passare tra chiacchiere, battute e la speciale ironia di Magnus. Ma quando aprii la porta…

Lui, uno schianto sexy. Io, schiantata a terra da un infarto.

"Sei una meraviglia." Magnus mi fece un sorriso, come una specie di star del cinema con completo blu scuro e camicia bianca. Senza cravatta, i primi due bottoni aperti, abbastanza casual per Kinship Cove, ma sempre elegante. E sexy da morire.

"Anche tu non stai male." Mi alzai per un bacio, e rabbrividii quando una mano scese a prendermi il fianco e mi strinse a lui. Mentre un ringhio mi vibrava sulla pelle. Non riuscii a trattenermi: gli misi le mani sul petto e... toccai. Sentii. Chiusi gli occhi e assorbii il suo calore. Era pazzesco quanto mi fosse mancato, quel pomeriggio, e riunirsi era piacevole. Così tanto piacevole.

Volevo di più.

Magnus sembrava volere la stessa cosa. Mi strinse forte, con un leggero brontolio che gli fece vibrare il petto contro il mio, prima di darmi un colpetto al fianco e allontanarsi. Dovette addirittura prendere un bel respiro e ricomporsi. "Pronta ad andare?"

No. "Sì."

Chiusi la porta, desiderando solo di avere il coraggio di tirarlo in casa e portarlo a letto. Desiderando solo sentire le sue mani ruvide sulla pelle. Il suo peso su di me. Quel pizzico dolce mentre mi scivolava...

"Tutto a posto, bellissima?" Magnus aveva un sorriso un po' preoccupato mentre si sedeva alla guida dell'auto. A quanto pareva mi aveva già fatta salire; i pensieri mi erano andati troppo fuori rotta anche solo per accorgermene. Feci un respiro profondo, rimpiangendolo all'istante perché quell'uomo aveva un profumo così buono ed era così vicino e...

"Coco?"

Oh, giusto. "Sì. Sto bene."

"Sicura? Possiamo rimandare..."

"No." Mi venne quasi un colpo al pensiero di non andare in fondo al terzo appuntamento. "Sto bene. Giuro. Solo... mi distrai."

Il sorriso gli crebbe pian piano; gli brillavano gli occhi. "Sei tu a distrarre me. Troppo bella da resistere." Accese il motore, mettendomi una mano sulla coscia mentre si allontanava dal marciapiede. Rabbrividii quando il pollice scivolò sotto l'orlo della gonna. Quell'uomo mi avrebbe fatta morire, e non avevamo ancora fatto cinque metri.

Mi leccai le labbra, sforzandomi di parlare nonostante la bocca mi fosse diventata un arido deserto, e chiesi: "Che cosa fai di lavoro?"

Non sembrava preparato per quella domanda. "Sono un consulente di project management. Perché?"

Perché le mie sorelle mi erano entrate in testa. "Solo curiosa, davvero. A proposito, dov'è che andiamo?"

La presa sulla coscia si strinse, spedendomi un fulmine lungo la schiena. Facendomi ingoiare un gemito mentre diceva: "Ho prenotato a quella bisteccheria sull'autostrada. Hanno un'ottima lista di vini."

Le sue dita si fecero strada tra le mie gambe, e la sua intera mano mi afferrò la coscia. Tenendomi ferma. Stuzzicandomi. Ne avevo abbastanza di stuzzicamenti. "Magnus?"

I suoi occhi guizzarono verso di me prima di tornare sulla strada. "Sì?"

"È il nostro terzo appuntamento."

"Ok."

"Ho una regola per il terzo appuntamento quando si tratta di uomini."

Rimase muto e immobile, quasi teso. "Che tipo di regola?"

Era l'ora di fare la donna matura e dirgli cosa volevo. "Una regola sul sesso."

Serrò i denti, o era solo un tic? "Davvero?"

"Sì. E mentre sono sicura che avrai prenotato in un ottimo ristorante…" Gli afferrai la mano, tirandola più in alto lungo la coscia. Infilandola bene sotto il bordo della gonna, fino al pizzo sottile degli slip. "... sono anche sicura che il tuo hotel abbia un ottimo servizio in camera."

Le gomme stridettero mentre faceva un'inversione a U. "Albergo, quindi."

5

COCO

M agnus rimase perfettamente composto, sulla strada per l'hotel. Tenne la conversazione leggera, la mano sulla mia coscia, e mi aiutò persino a uscire dall'auto. Fu un vero gentiluomo mentre attraversavamo il parcheggio ed entravamo nell'atrio... poi salimmo in ascensore. Non appena le porte si chiusero dietro di noi, il lupo uscì allo scoperto.

Magnus mi spinse contro la parete con un ringhio, intrappolandomi con il suo corpo enorme. "Sei sicura, Coco?"

Lo ero? Il mio corpo lo era, di certo. Il cuore si era già allacciato le cinture e si era rassegnato alla caduta. L'unica speranza era la testa: sarei riuscita a tenere alta la guardia? A evitare di cadere a rotoli dalla cima della A di 'amore'? Avrei saputo frenare l'emozione in modo che il cuore non mi finisse spalmato per terra? Ne dubitavo – ne dubitavo fortemente – ma non mi importava più. "Sì. Sono sicura."

Il ringhio si trasformò in un brontolio più basso, quasi delle fusa, e le sue mani divennero più audaci mentre salivamo i piani. Su per la coscia e sotto la gonna, tirandola su, su, su. Scivolando sotto il pizzo rosso che ancora non aveva visto, solleticandomi dove ero già calda e bagnata. Dove lo volevo così tanto.

"Magnus," sussultai, inarcandomi al suo tocco. Avevo bisogno di molto di più. Molto.

"Una volta mia, non ti lascio mai più."

Se solo fosse stato vero. L'ascensore si fermò, e io gli afferrai le braccia. Spingendomi lontano da lui. "Prima devi prendermi."

Lui indietreggiò, scioccato. Le porte dell'ascensore si aprirono. Risi e le oltrepassai in velocità, senza idea di dove andare ma correndo per il piacere di farlo. Perché mi desse la caccia. Per rompere la tensione con un po' di spensieratezza. Quello che avrei dovuto ricordare era il vecchio detto di non fuggire mai di fronte a un predatore. Magnus mi rincorse come un uomo posseduto, recuperando velocemente; mi afferrò per un braccio e mi tirò contro il suo petto, per poi sollevarmi da terra.

"Cattiva bambina... non potevo lasciarti scappare, bellissima."

Gli avvolsi le braccia intorno al collo, ridendo. "Volevo che mi prendessi."

"Bene. Perché l'idea di lasciarti andare è rivoltante, per me e per il mio lupo."

Magnus mi portò in braccio fino alla sua stanza, rallentando a malapena per aprire la porta. Non potevo biasimarlo. Il continuo ringhio che mi vibrava contro la pelle mi aveva reso disperata, sudata, intenta solo a spogliarmi. E a spogliarlo. E a farmi prendere. Lo volevo più di ogni altra cosa, più di quanto avessi mai voluto un altro uomo. E non ero disposta ad aspettare.

Scivolai via dalle sue braccia, poggiai i piedi a terra e mi girai verso di lui. Fissai il lupo famelico sulla porta e indietreggiai. Lo incitai. "Ti voglio."

Piegò il collo, sembrando al limite. "Coco, è meglio che ti fermi. Il mio lupo..."

"Voglio anche lui."

Il suo ringhio si fece più forte, gli occhi si illuminarono. Mi fissava intensamente. "Non volere cose più grandi di te."

Non ne aveva idea. Mi sfilai il vestito da sopra la testa e lo lasciai cadere a terra, mentre continuavo a fissarlo in quegli occhi animaleschi. Alzai le sopracciglia nel modo più provocatorio che mi riuscì. "Sono piuttosto sicura di sapermela cavare, Magnus."

Si avvicinò con fare sicuro, le labbra alzate in un sorriso audace che mi inzuppò gli slip in pochi secondi. "Ne sono sicuro. Non per niente, sei la mia..."

Non gli lasciai finire la frase, ma mi lanciai. Mi afferrò a mezz'aria e mi strinse contro il suo petto, incontrando la mia bocca in un bacio ardente che mi fece strusciare su di lui. Mi fece mugolare tra le sue braccia.

"Destino mio," sussultò, interrompendo il bacio per stendermi sul letto. "Non so cos'ho fatto per meritare una donna come te, ma continuerò a farlo. Ogni singolo giorno cercherò di essere degno di te, Coco. Sei tutto per me."

Non proprio tutto... non la sua compagna.

Spinsi via quel pensiero e mi stesi, adorando come gli si infuocarono gli occhi quando notò la lingerie che era rimasta nascosta sotto il vestito fino a quel momento. I segreti che avevo tenuto celati sotto quel vestitino provocante. Il terzo appuntamento significava sesso e voleva dire andare fino in fondo, con pizzo rosso e giarrettiera, quanto bastava a invogliarlo anche di più. A non fargliene mai avere abbastanza.

"Fammi vedere quanto mi vuoi," sussurrai, tirandolo più vicino. Dovevo sentire il suo peso su di me. La sua presenza.

Magnus mi strisciò addosso, ancora vestito, scivolandomi tra le cosce aperte come se il posto fosse suo di diritto. Come se fosse nato per stare lì. "Stai sicura, bellissima. Non potrò mai più lasciarti andare una volta che sarai mia."

"E io non voglio che mi lasci andare." Perché sarebbe stato troppo doloroso se lo avesse fatto. Quando, non se. Quando.

Che era proprio quello a cui *non* dovevo pensare.

Magnus mi baciò con passione, rubandomi il respiro per come muoveva le labbra contro le mie, per come si imponeva con la lingua. Lo aiutai a spogliarsi, entrambi a ridere e a dimenarci finché non ci fu più nulla di così divertente. Finché non fu nudo sopra di me, tenendomi aperte le gambe con i fianchi, premendosi contro di me, così grosso e duro. Impaziente. Così tanto impaziente.

"Sei mia, Coco," disse Magnus spingendomelo dentro. Né lento, né gentile; deciso. Una spinta, dentro fino in fondo. E lo adorai. Adorai come mi allargava, come mi riempiva. Come mi faceva sua, a forza di spinte.

Se solo...

All'improvviso Magnus si tirò fuori e si chinò, scomparendo più in basso.

"Ma che... oddio." La lingua. Santo cielo, quella lingua era un'arma, da come me la spingeva contro. La faceva schioccare, leccare, picchiettare... tormentandomi sempre più. Mi mangiava languidamente, tenendomi le gambe sollevate e aperte per lui. Mi inchiodava al letto, come un quadro al muro. Iniziò a usare anche le dita, andando più a fondo, mentre il suo ringhio mi vibrava per tutto il corpo. Poi piegò il dito e raggiunse un punto che mi fece mancare l'aria.

E mi fece venire usando solo la bocca, e una mano.

"Brava bambina," disse, tornando sopra di me e allungando una mano al portafoglio in cerca forse di un preservativo. "Cazzo, voglio talmente venirti dentro, ma poi so come va a finire."

Era un impegno che non poteva permettersi con me. "Prendo la pillola."

Fece un gemito lungo e profondo, scorrendo la mano su tutta la sua lunghezza, seduto sulle ginocchia. "Non tentarmi, donna. Ti direi 'al diavolo' e ti monterei senza, ma non posso. Non ancora."

Non sapevo perché no, ma non importava. Tutto quel che importava – l'unica cosa di cui mi importasse al momento – era il modo in cui muoveva la mano contro sé. Il modo in cui lo tenevo intrappolato con le gambe. Mi ringhiò, mostrando i denti, poi tornò sopra di me a baciarmi con foga. Entrandomi dentro con un grugnito e un ringhio che mi fece venir voglia di morire. E i rumori dei nostri corpi... Mio dio, mi ero mai bagnata così tanto? Ero mai stata così eccitata e impaziente? Così smaniosa?

Non mi sembrava.

Magnus gemette, muovendosi più velocemente. Colpendomi i fianchi con i suoi, e perdendo quel suo notevole autocontrollo. "Come sei calda, cazzo. Destino mio… mi brucerai tutto."

Ma ero io a sentirmi bruciare, dentro e fuori. Tutto di quell'uomo mi infiammava sia l'anima che il cuore, mentre mi veniva ancora più vicino. Mentre ci univamo per diventare una cosa sola. E il suo corpo, buon dio l'uomo era fatto di muscoli, tutto agile e flessuoso; e pieno di peli scuri su petto, braccia, gambe e fin dove continuava a scivolarmi dentro. Non riuscivo a smettere di toccare, guardare, assaggiare. Ogni centimetro. Ogni piega, ogni curva. Volevo impararle tutte. Memorizzarle. Non dimenticarmene mai.

"Mia, mia, mia," ripeteva, e io mi persi. Nel caldo della carne, nella tensione fisica, nel contatto tra di noi. Le parole che avevo sempre sognato di sentire. Persi la testa quando il mio corpo si contorse sotto di lui, quando il piacere mi invase come mai prima di allora.

"Tua, Magnus. Tutta tua."

E lo ero. I muri mentali che mi ero convinta a costruire si erano sgretolati a un certo punto, e io ero un tutt'uno di sentimenti e di bisogni emotivi. Ero totalmente e completamente sua. Anche se sapevo che mi avrebbe spezzato il cuore abbastanza presto. Ero comunque sua in un modo che non avevo mai provato. In un modo che sapevo sarebbe rimasto a lungo anche dopo che se ne fosse andato. Ero sua. Punto.

Ed ero condannata.

6

MAGNUS

Coco aveva un culo fatto da toccare, sculacciare, mordere, e strofinarsi contro. Tutte cose che avevo fatto la notte precedente. Ma mi ero risvegliato così duro e bisognoso di attenzioni che l'avevo rinchiusa tra le mie braccia, dovendo premere la mia erezione contro quel culo fenomenale. Mi ero mosso contro quella sua morbidezza per trovare sollievo, mentre lei lentamente si svegliava. Volevo voltarla e scivolarle di nuovo dentro, ricoprirmi del suo odore e ricoprire lei del mio, prima di iniziare la giornata, ma la mia compagna era umana. Dovevo andarci piano con lei. Essere anche dolce e gentile. L'avevo sfinita per bene la notte prima. Dovevo darle una pausa.

Coco mi posò una mano sul fianco, tirandomi più vicino, e si strofinò con i fianchi contro i miei. "C'è un posto migliore dove metterlo, quello."

Ok, insomma... non le serviva una pausa, dopotutto.

Prima che potessi rispondere, Coco si girò e mi spinse. Finii sdraiato sulla schiena, gli occhi al soffitto... finché non si sistemò sui miei fianchi. Allora mi comparve davanti agli occhi il suo corpo nudo, sopra di me. I capelli scompigliati le ricadevano sulle spalle, coprendo parte di quei seni le cui punte non erano altro che dolci fragole. Le cosce erano spalancate sui miei fianchi, a cavalcioni su di me. Il suo corpo così sensuale, mentre si muoveva e iniziava a strofinarmi contro quella sua fessura squisita.

Mia. Ma non potevo dirlo. Non ancora. Ero stato sul punto di dirglielo, la notte precedente. Neanche una, ma diverse volte. Perdevo il pelo, mica il vizio. Però alla fine mi ero trattenuto. Il pensiero di perderla, di spaventarla e farla allontanare, mi uccideva nel profondo. Potevo resistere all'istinto dell'accoppiamento ancora per un po'. Anche a discapito della mia salute.

La afferrai per la vita e la spinsi verso di me, facendomela scivolare sopra con quel suo calore delizioso. "Beh, buongiorno bellissima."

Il suo sorriso mi stordì, mi tolse il senso del tempo e dello spazio. Dov'ero? Cos'avrei dovuto fare nella vita, se non farmi guardare con quel sorriso ogni giorno, ogni secondo? E perché non ero ancora dentro di lei?

"Devo fare una doccia prima di andare in pasticceria." Allungò una mano e afferrò qualcosa di bianco da qualche parte sul letto prima di infilarlo da sopra la testa. La mia camicia. Quella donna indossava qualcosa di mio ed era completamente ricoperta del mio odore. Il mio lupo era felice. Beh, felice anche se sdraiato sulla schiena con qualcuno sopra di lui. Il maschio alfa doveva sempre essere sopra e in controllo, anche con la propria compagna. Nonostante ciò, da Coco mi sarei fatto fare qualsiasi cosa, pur di vederla così felice.

Le afferrai le cosce, un inevitabile ringhio nel petto. "Possiamo farla insieme. Risparmiare acqua."

Si morse il labbro e cadde in avanti, le braccia sulle mie spalle mentre mi faceva scivolare addosso quei benedetti fianchi. Muovendosi in avanti quanto bastava a spingermi verso l'apertura del paradiso. A farmi scivolare la punta in quel caldo invitante. Non riuscii a trattenere una spinta dei miei, di fianchi. Leggera, perché stavolta il gioco era suo, e volevo assolutamente arrivarci in fondo. Ma volevo anche farmela. Tutta.

"Magnus," sussultò; forse non si aspettava che approfittassi della sua posizione. La ragazza doveva imparare che non ero tanto bravo da comportarmi sempre bene. Il più delle volte prendevo quel che volevo, e in quel momento volevo unire i nostri corpi. Così la stuzzicai con qualche carezza e muovendomi un po'. Quanto bastava ad aprirla con la sola punta. Ma non abbastanza da entrare tutto.

Coco aveva altre idee. Mentre mi muovevo in avanti, lei si spinse indietro, facendomi entrare tutto in una volta. Quasi venni lì per lì. Quasi feci un ringhio abbastanza forte da svegliare l'intera città, da tanto che volevo affondare i denti nella sua carne per ultimare il nostro legame. La mia compagna aveva così bisogno di me da fare di testa sua pur di prendersi la sua soddisfazione. E l'avrebbe avuta, – molte volte di fila, se me lo avesse permesso – non appena avessi superato lo shock del suo calore che mi avvolgeva e mi risucchiava, mentre lei dondolava avanti e indietro su di me.

Così perfetta, cazzo.

"Usami, bella. Voglio guardarti venire." Infilai una mano tra di noi per strofinare il suo punto preferito, una cosa che, avevo imparato la notte prima, la faceva letteralmente impazzire. Io riuscivo solo a fissarla, a guardarla gemere e gridare e muoversi, e usare la mia mano e il mio corpo come più le piaceva. Potevo solo restare fermo a mangiarmi con gli occhi ogni espressione sul suo volto. Volevo gustarmele tutte, e memorizzare ogni movimento e ogni contrazione che la avvicinavano all'orgasmo. Al suo culmine. Volevo scoprire tutte le sue carte, per poterla tenere sempre sazia e felice nel mio letto. Nel nostro letto.

E quando finalmente venne, quando prese fiato e strizzò gli occhi chiusi, quando il suo calore mi pulsò intorno, venni subito anch'io. Impossibile resistere. Le strinsi forte i fianchi e la riempii con un gemito. Ma la volevo riempire anche d'altro. I denti mi si allungarono e il lupo ululò dal bisogno di dare l'ultimo morso, quello decisivo. Quello che ci avrebbe uniti per sempre. Il legame indissolubile delle nostre anime.

Non poteva succedere lì, però. Non le avevo detto che era la mia compagna. Dovevo farlo, e volevo farlo, soprattutto in quel momento con lei sopra di me, calda, soddisfatta, spossata, e io ancora dentro di lei.

Sì, volevo dirle tutto, ma avevo visto altri mutaforma alle prese con compagni umani, nel corso degli anni. Il mutaforma finiva sempre col dover rincorrere l'umano scontroso, e a volte senza riuscirci. Non volevo dover inseguire Coco. O forse sì. In effetti, l'idea di lei a correre per la foresta nuda e sorridente, con me dietro a darle la caccia, mi piaceva in tanti, tanti modi. Ma magari non sarebbe stato così da subito. Si sarebbe fatta prendere dal panico e allontanata, e io e il mio lupo ne saremmo usciti distrutti. Allora avrei passato ogni momento a cercare di riconquistarla, ma c'era anche la possibilità che se ne andasse per sempre. Che non provasse per me l'attrazione che io provavo per lei, e l'avrei persa.

Col cazzo che sarebbe successo.

"Devo fare la doccia, ma non mi funzionano le gambe," disse Coco, solleticandomi il petto con i capelli. Ricordandomi che era con me; era *mia*, anche se solo per quel momento. Dovevo solo capire come farla restare.

Ridacchiai e la afferrai per le cosce, mettendomi seduto. "Vieni, tesoro. Ti aiuto ad alzarti così ti prepari per la giornata."

Non che fossi entusiasta all'idea che si lavasse via il mio odore. Dovevo assicurarmi che lo avesse di nuovo addosso prima di uscire da lì. Una tale difficoltà.

Dopo una doccia, un orale lasciato a metà che mi fece quasi uscire fuori gli artigli, e una sveltina contro le piastrelle del bagno, entrambi eravamo pronti a iniziare la giornata. Più o meno pronti.

"Perché fai così?" Coco mi diede un colpetto al fianco, ridendo mentre cercava di allontanarsi da me. Eravamo davanti all'ascensore nel corridoio dell'albergo, tornati a terra dal fantastico volo che avevamo fatto in quella stanza. Volevo trascinarla di nuovo in fondo al corridoio, ma lei doveva lavorare. In compenso non la facevo uscire dalle mie braccia. Volevo assicurarmi che ogni uomo in città sapesse che era mia, a partire dai mutaforma. Dovevo far sì che avesse il mio stesso odore.

"Non voglio smettere di toccarti." Me la strinsi al petto, strofinandomi contro di lei mentre rideva. Non riuscivo a trattenermi: era così tutta deliziosa e perfetta e *mia*. Avrei fatto qualsiasi cosa perché restasse così.

Coco si girò tra le mie braccia, guardandomi dal basso con un sorriso radioso. Felice. La mia compagna era felice. "Cerchi di passarmi il tuo odore?"

Mi bloccai, incapace di risponderle. Era umana, come faceva a sapere quella cosa? "Veramente sì. Ti dà fastidio?"

Scosse la testa e si alzò a sfiorarmi le labbra. "È adorabile che tu voglia far sapere agli altri maschi di starmi lontano."

Adorabile. Non proprio quel che intendevo, ma mi andava bene. "Sei mia, Coco. Non condivido con nessuno."

Il sorriso le si adombrò un po', ma io mi stavo già muovendo. Già premevo le labbra alle sue e ci passavo in mezzo la lingua per catturarle la bocca. Già perdevo quel poco di autocontrollo che avevo quand'ero con lei. La incollai al muro tenendole una coscia con la mano, premendomi contro di lei, baciandola come se morissi di fame per lei. E forse era così. Forse dovevo dirle quanto la volevo.

Ma basta con i 'forse', cazzo.

"Coco," dissi interrompendo il bacio, appoggiando la fronte contro la sua. "Devi sapere…"

"Papà?"

Mio figlio aveva il peggior tempismo al mondo.

"Buongiorno, Nico." Mi scansai da Coco, voltandomi verso l'uomo che avevo appena iniziato a conoscere e la donna che presto avrebbe sposato. "E buongiorno a te, Fiona. Pronti per la cena di prova stasera?"

Ma Nico non guardava me. Aveva gli occhi fissi su Coco, e la sorpresa sul suo volto mi fece gelare il sangue.

"Nico..."

"Cosa... Coco, esci con mio padre?"

Il mio lupo rispose al suo tono, al volume con cui si rivolse alla nostra compagna. Al modo in cui lei tremava contro il mio fianco. Il mio ringhio rimbombò nel corridoio, ma Nico mi ignorò. L'ignoranza di un lupo mutaforma cresciuto in un mondo di soli umani.

"Esce con mio padre," disse a Fiona, scuotendo la testa. "Cioè... è come farsi gli avanzi degli altri."

Non ci fu più modo di trattenermi. Afferrai Nico per la camicia e mi precipitai in avanti, andando a fargli sbattere la schiena contro il muro. Il ringhio divenne selvaggio, e i denti mi si allungarono. Figlio o no, non aveva il diritto di trattare così la mia ragazza. Proprio per niente. "Stai parlando della mia compagna, figliolo. Sceglierei bene le parole, fossi in te."

Si sentì aprire una porta in fondo al corridoio e alzai lo sguardo appena in tempo da vedere Coco scomparire giù per le scale. Di corsa. Via da me. Proprio come temevo sarebbe successo, a un certo punto. Merda.

"Magnus, per favore mettilo giù," disse Fiona in tono annoiato e stanco. Lei era cresciuta in mezzo ai mutaforma: sapeva che era meglio non fare commenti sul compagno di qualcun altro. Non meritava neppure di vedersi sbattere in faccia le passate prodezze di mio figlio.

"Non ti meriti la compagna che il destino ti ha dato, e dubito seriamente che succederà mai," dissi, con un ringhio in gola. "E di sicuro non ti meriti l'attenzione della mia."

Lo lasciai tornare in piedi, mentre balbettava e tossiva.

"Dio, papà. Non intendevo niente di che."

Fiona alzò gli occhi al cielo proprio come volevo fare io. "Dici così solo quando ti beccano a fare lo stronzo.

Devi delle scuse a tuo padre e a Coco." Mi fece un piccolo sorriso. "Congratulazioni per aver trovato la tua compagna. Sembra una ragazza a posto."

Grugnii, sempre fissando mio figlio. L'uomo che non conoscevo ancora abbastanza bene. Il figlio che avevo scoperto di avere solo per caso. Quello con cui avevo appena iniziato a costruire un rapporto.

L'uomo che probabilmente conosceva la mia compagna meglio di me. "Dimmi tutto di Coco e della vostra relazione. Ora."

7

COCO

S uo padre. Magnus era il padre di Nico. Non riuscivo a farmene una ragione. O non volevo. Era stato troppo imbarazzante essere beccata nel corridoio – dopo essere andata a letto con Magnus – proprio da suo figlio, con cui pure ero andata a letto. Due generazioni... e io avevo fatto sesso con entrambe.

Mi veniva da vomitare.

Quindi avevo saltato il lavoro, scrivendo a Ginger per avvisarla che non sarei andata. Se non più tardi, dopo che il negozio aveva chiuso. Avrei finito i dannati macaron per quella sera dalla mia cucina se avessi dovuto, ma di sicuro non sarei rimasta dove tutti avrebbero potuto vedermi, soprattutto Magnus o Nico. Non potevo.

E Magnus... avevo davvero provato qualcosa per lui. Qualcosa nel profondo dell'anima. Quello che avevamo fatto non era solo sesso, anche se ormai non aveva più importanza. Ero andata a letto con suo *figlio*. Non mi avrebbe mai più rivolto la parola. E anche se lo avesse fatto, non sarei comunque riuscita a stare con lui. Non dopo quella scenata. Non potevo mettermi tra loro due. Non potevo stare con Magnus perché ero stata con Nico.

Il destino era uno stronzo troppo crudele.

"Spero tu sia vestita," gridò Ginger, entrando di colpo in camera mia con un'espressione accigliata sul suo bel viso. "Cosa c'è? Cosa succede? Perché ci nascondiamo? Cosa ti ha fatto quell'uomo?"

Madeleine le sgattaiolò dietro, molto più tranquilla dell'altra mia sfacciata sorella. Più preoccupata che arrabbiata. "Cos'è successo, Coco?"

Afferrai un cuscino e me lo piantai in faccia, incapace di guardarle. "È il padre di Nico."

Ginger mi strappò via il cuscino, salendo sul letto per starmi più addosso. "Prova a dirlo senza questo coso di mezzo."

Deglutii a fatica e chiusi gli occhi per un istante. "Magnus è il padre di Nico."

Silenzio. Nessuna delle due disse una parola per dieci buoni secondi mentre mi fissavano allibite. Fu Madeleine a parlare per prima, sorprendentemente.

"Questo spiega molte cose."

Scattai a sedere. "Cos'altro spiega se non che sono andata a letto con padre e figlio?"

Scrollò una sua spalla delicata. "È così. Nico era una specie di idiota, e non ho mai capito cosa ci vedessi in lui. Ma Magnus... è gentile e premuroso e assolutamente perfetto per te. Forse in Nico c'è una parte di Magnus che ti attraeva."

Ginger sbuffò. "Metà del suo DNA viene da Magnus, mica solo una parte."

"Non importa," dissi, cercando di coprirmi con la trapunta ma dovendo lottare con Ginger per farlo. "È fatta. Finita. Nico può scappare a sposarsi Fiona, e Magnus può tornarsene... da dove è venuto. E io? Io posso starmene qui seduta a umiliarmi per il resto della vita. Casta e pia. Forse dovrei andare in convento."

Madeleine arricciò il naso. "Non siamo cattoliche."

"E staresti male col velo." Ginger si sedette accanto a me sbuffando. "Senti, quindi sei andata a letto con padre e figlio. Non è che sapevi fossero imparentati o l'hai fatto di proposito. È solo una strana coincidenza. Te ne dimentichi in tempo zero."

Ma non volevo dimenticarlo. Perché mi sarei dimenticata anche di Magnus. Di come mi aveva fatto sentire la notte precedente. Di quanto mi batteva il cuore solo per lui. Il solo pensiero spezzò qualcosa dentro di me.

"Mi piaceva davvero, davvero tanto," sussurrai mentre le prime lacrime iniziavano a scendere.

Madeleine si sistemò accanto a me e mi accarezzò i capelli, offrendomi conforto in quel suo modo tranquillo. "Lo sappiamo, Coco."

Niente promesse. Niente parole vuote del tipo 'tornerà' o 'le cose si sistemeranno'... perché sapevano entrambe quanto fosse improbabile. E lo sapevo anch'io.

"Non posso affrontarli. Se vengono in pasticceria, non…"

Un singhiozzo mi lacerò il petto al pensiero di Magnus che mi guardava con disgusto. No, non potevo affrontarli. Non avrei retto gli insulti di Nico o il disgusto di Magnus. Niente di tutto ciò. Semplicemente non avevo la forza di tenere duro, in quel momento.

"Nessuno dice che devi affrontarli, tesoro," disse Ginger prendendomi la mano. "Non ti chiederei nemmeno di venire al lavoro, ma abbiamo bisogno di te. La cena di prova è stasera, e non c'è modo di riuscire a finire i macaron senza di te."

"Per favore," aggiunse Madeleine. "Non riesco a fare la crema come la fai tu, e Ginger non ha la pazienza per la farina di mandorle."

"È vero. La farina di mandorle è una stronza e mi odia. Tutti i macaron che faccio si rompono e si seccano peggio della passera di una vecchia zitella." Ginger si avvicinò chinando la testa, con un'espressione seria. "Abbiamo bisogno di te in pasticceria o non riusciremo a finire l'ordine. Puoi nasconderti nel retro, non serve stare al bancone. Ma per favore, vieni a fare i biscotti."

Avevo davanti due sorelle supplichevoli e nel petto un cuore che non avrebbe comunque smesso di soffrire. Magari tenermi occupata mi avrebbe fatto bene. "Va bene. Ma no ai clienti, nessuno. Non importa chi."

"Giuro," disse Ginger, porgendo il mignolo come facevamo sin da bambine. Tutte e tre unimmo le dita, ridacchiando mentre cercavamo di acchiapparcele a vicenda.

Forse la giornata non sarebbe andata poi così male.

Dopo quattro ore, trecento macaron, e fin troppo colorante alimentare rosso, in effetti la giornata non era andata poi così male. Se non perché ero stata beccata post orgasmo con il mio ragazzo da suo figlio, con cui pure ero andata a letto, o perché avevo il cuore completamente distrutto all'idea di non rivedere mai più Magnus. Ma ehi, avevo l'iPod a tutto volume nelle orecchie, e i vassoi di macaron rosa facevano la loro bella figura. Cos'altro avrei potuto chiedere?

Sì, in realtà *quella* era la cosa più triste che avessi mai pensato in tutta la mia vita. Pensieri positivi e tutto il resto.

Misty era venuta a vedere come stavo un paio di volte, ma le mie sorelle l'avevano rimandata al bancone. Avevano preso molto sul serio la promessa di non farmi vedere da nessuno, e ciò includeva la nostra volpe addetta al servizio clienti. A me stava bene: non ero pronta a spiegare cos'era successo.

Ma ovviamente, non tutte le ciambelle riuscivano con il buco. Specialmente quando c'era di mezzo una volpe alquanto astuta. A un certo punto, mentre impacchettavo i macaron rosa per la consegna, una mano mi comparve davanti e mi strappò gli auricolari.

"Ehi," squittii.

Misty stava dall'altra parte del tavolo, abbastanza livida di rabbia. "Che diavolo è successo?"

Mi guardai intorno, ma non c'era traccia delle mie sorelle. Chiaramente.

"Il duo anti-volpi è alle prese con una crisi da torta nuziale," disse, quasi compiaciuta. "Adesso io e te siamo sole. Quindi mi dirai cos'è successo, oppure penserò al peggio e manderò tutta la famiglia dietro a quel cane."

Amavo il suo atteggiamento protettivo, davvero, ma in quel caso si sbagliava di grosso. E io non le avrei detto *un bel niente*. Non potevo. "Non è successo niente. Non so di cosa parli."

L'occhiataccia che mi lanciò Misty era praticamente incendiaria. "Oh, davvero? Non hai idea di cosa ti ha fatto nascondere finora come una specie di criminale in fuga dalla legge? O del perché le tue sorelle mi hanno bandito dal retrobottega dato che, cito: 'Coco non sopporta la sua vita al momento.'"

Ok, così era anche troppo. "Io sopporto la mia vita."

"Ma non sopporti me. Né Magnus."

Il cuore mi sussultò al suo nome. "Per quello non c'è niente da fare."

Se quell'alzata di sopracciglia avesse potuto parlare, avrebbe detto 'Ma fammi il piacere.'

"Davvero? Allora perché si è presentato alla porta cinque volte oggi, con il cuore infranto in mano? Perché continua a tornare anche dopo che gli ho detto che non lo vuoi vedere?"

Non *volevo*... piuttosto non *potevo*. Non potevo affrontarlo dopo quella mattina. Non potevo vedergli il disgusto sul viso. Non potevo sentirlo metter finire a qualunque cosa avessimo avuto. Semplicemente non potevo. "Lascerà la città dopo il matrimonio. Tutto tornerà come prima."

La faccia di Misty, sempre così eloquente, perse ogni espressione. "Lascia la città."

"Sì, lascia la città. Senti, Misty... so che le cose oggi sono un po' strane, ma non vorrei parlarne. Voglio solo finire questi biscotti per la cena di stasera, così posso andare a casa e annegarmi in un bel bagno caldo, con una bottiglia di Malbec e magari del gelato strapieno di zucchero. È chiedere troppo?"

"Non ne hai proprio idea," disse lei scuotendo la testa. "Non smetterà di venire a cercarti, e di sicuro non lascerà semplicemente la città. Lo ucciderò per non avertelo detto."

"Detto cosa?"

Strinse le labbra. "Non posso dirtelo io."

"Allora lasciamo proprio perdere, che tanto non ha importanza. Ho fatto un casino. O magari è il tuo amato destino ad avere un senso dell'umorismo davvero perverso. In ogni caso, è finita. Non si torna indietro da... quel che è successo."

Rimanemmo a fissarci, in silenzio... combattendo solo con gli occhi. Io mi rifiutavo di cedere, e lei si rifiutava di darmela vinta. Poi la campanella all'ingresso annunciò la presenza di un cliente. Giocarmi la carta del rapporto di lavoro forse fu un colpo basso, ma efficace.

"Dovresti proprio tornare al lavoro."

Misty mi guardò storto ma si girò, allontanandosi senza dire un'altra parola. Almeno finché non arrivò alla porta del retrobottega.

"Non la smetterà, non se ne andrà, e quel dolore che ti rode il petto peggiorerà soltanto. Non vuoi dirmi cos'è successo… d'accordo. Ma prima o poi lo farai. Quando sarai pronta sarò ancora qui per te, anche se stai facendo un po' la stronza al momento."

Crollai appena la porta si richiuse dietro di lei. Mi *stavo* comportando da stronza. Ma ero ferita e umiliata, e l'ultima cosa che volevo era rivivere in continuazione i fatti della mattinata. Meglio dimenticare, scacciare tutto dalla mente e farmi prendere dal lavoro.

Misty aveva ragione su una cosa: un giorno le avrei detto cos'era successo. Ma aveva anche torto. Magnus non avrebbe continuato a cercarmi. Aveva un'intera vita davanti, fuori da Kinship Cove, e non ci avrebbe rinunciato per me.

Soprattutto non dopo aver scoperto di me e Nico.

Ma non potevo concentrarmi su tutto quello. Invece, infilai di nuovo gli auricolari e alzai il volume. Avevo ancora dei biscotti da finire. Un lavoro da fare. La distrazione perfetta dal disastro che la mia vita era diventata.

Macaron alla riscossa.

8
COCO

Il giorno trascorse lento e penoso; il macaron-building l'unica ginnastica che mi tenesse la mente occupata dal caos della mia vita. Una volta finito quello, non avevo altro da fare che piangermi addosso. La testa e il cuore si rifiutavano di farmi dimenticare Magnus e quanto mi mancasse: cosa piuttosto stupida. L'avevo conosciuto solo da due giorni... e non erano neanche passate quarantotto ore. Avrei già dovuto dimenticarmi di lui, e dell'umiliazione di essermi fatta scoprire con lui dopo una notte di sesso. Scoperta da suo figlio. Che era anche il mio ex ragazzo.

Insomma, davvero... la mia attenzione avrebbe *proprio* dovuto concentrarsi su quello.

Invece, tutto ciò a cui riuscivo a pensare era che Magnus fosse venuto a cercarmi in pasticceria. Che volesse parlarmi nonostante tutto. Che non rinunciasse così facilmente. Beh, aveva rinunciato solo quando era iniziata la cena di prova generale. Ovviamente.

Restai seduta nella cucina del negozio con le luci abbassate e il silenzio intorno. Le mie sorelle erano già andate a casa per la notte, insieme a Misty. Avevano consegnato i macaron e la torta dello sposo – una torta scolpita a forma di lupo che ululava, chiaramente – alla struttura per ricevimenti dove si sarebbe tenuta la cena di prova. Probabilmente erano arrivate a casa ore prima. Io? Ero rimasta in pasticceria, con la scusa di dover dare una pulita. Avevo solo voluto un po' di tempo per piangermi addosso prima di dover affrontare un altro luogo deserto, casa mia.

Ma il piangermi addosso si era poi evoluto da esercizio part-time ad attività a tempo pieno.

Il suono del telefono in cucina interruppe il silenzio circostante. Stavo quasi per non rispondere – eravamo chiusi, dopotutto – ma in realtà non molte persone avevano quel numero. E il numero per i clienti suonava al telefono nell'ingresso. Avrebbe potuto essere una delle mie sorelle che aveva bisogno di qualcosa, il che fu l'unico motivo per cui alla fine risposi. Guardai comunque il telefono con sospetto mentre mi avvicinavo al tavolo. Non avevo mai temuto così tanto un pezzo di plastica vibrante.

Respiro profondo. "Pasticceria 'Fondenti e Contenti', sono Coco. Come posso aiutare?"

"Oh destino, grazie. Coco, sono Misty."

Sembrava preoccupata. Non poteva essere niente di buono. "Cosa c'è che non va?"

"La torta dello sposo qui non c'è."

Mi ci vollero cinque buoni secondi per capire di cosa parlava. Tutti i pensieri di Magnus e della mia vergogna scomparvero, e di colpo entrai in modalità lavoro.

"Cosa intendi, che non c'è?" Ero in movimento prima ancora di finire la mia ridicola domanda, verso la cella frigo in fondo alla cucina.

"Uhm, che *non è qui*? Cioè, non nella sala del ricevimento. Stavo controllando che i macaron fossero sui vassoi scelti dalla sposa quando ho notato lo spazio vuoto nella composizione. L'ho cercata dappertutto, qui non c'è."

"È impossibile. Ginger avrebbe dovuto…"

Quello che Ginger avrebbe dovuto fare era consegnare la torta prima di tornare a casa per la notte. Quello che non aveva fatto era consegnare la torta prima di tornare a casa per la notte. Il lupo era nel frigorifero, reale e regale come non mai. Madeleine si era superata; Ginger aveva fallito miseramente. "Indovina."

"È lì, vero?"

Sospirai e afferrai la torta, portandola al banco di confezionamento. "Sì. Non è neppure in una scatola. Cos'aveva in testa Ginger?"

"Sono abbastanza sicura che fosse quel drago mutaforma che ha incontrato."

Ero caduta in una realtà parallela? "Che drago mutaforma?"

"Lascia stare. Senti, la prova inizia a breve, e la gente noterà un enorme spazio vuoto sul tavolo dei dolci. Devi portare qui quella torta."

Modalità di lavoro disattivata. Non esisteva proprio che mi presentassi in quell'edificio. "No. Non posso venire lì. Dovrai venire a prenderla."

"Non c'è tempo. C'è a malapena il tempo di mettere la torta in macchina e venire qui."

Non aveva torto, ma in ogni caso... non potevo farlo. Scossi la testa e chiusi gli occhi, cercando il coraggio che ci sarebbe voluto per rivedere Nico e Magnus, e per farmi vedere in pubblico. Per entrare in una stanza dove si sarebbero aggirate quasi tutte persone che conoscevo, con la probabilità che alcune di loro sapessero cos'avevo fatto. Kinship Cove era una piccola città, e la gente parlava. I segreti non restavano nascosti a lungo.

"Coco, ti prego," supplicò Misty. "Questo lavoro adesso richiede che tu faccia la persona adulta e porti qui quella torta."

Deglutii a fatica, sussurrando: "Non voglio vederli."

"Non devi, tesoro. Entra dal retro, ci vediamo in cucina e prendo io la torta. Meno di un minuto da quando arrivi a quando te ne vai."

Meno di un minuto. Per garantire il successo di un'attività che avevamo messo su dal nulla. Ginger aveva fatto un casino, ma con tutta probabilità non l'aveva fatto apposta. Se io mi fossi rifiutata di andare, invece, sarebbe stato intenzionale. Non potevo farlo né a me stessa né alle mie sorelle. "Sì. Ok, penso di farcela."

"Bene." Era così sollevata. "Ora, impacchetta quella torta e muovi il culo. Arriverai appena in tempo."

"Ci penso io." Riattaccai e mi misi al lavoro, assicurandomi che la torta fosse protetta in una scatola bella robusta prima di caricarla sulla mia auto. Quell'affare pesava una tonnellata, quindi l'impresa non fu facile, da sola. Ce la feci comunque. Poi partii. Diretta al luogo dove l'indomani il mio ex avrebbe sposato la sua compagna predestinata mentre suo padre, il mio attuale amante, restava a guardare.

Per niente insolito.

Arrivai alla porta sul retro dell'edificio circa venti minuti dopo, sul sedile del passeggero una torta a forma di lupo con la cintura di sicurezza. Lo stomaco mi fece una capriola quando saltai fuori dall'auto; meno di un minuto. Era tutto il tempo che dovevo restare lì. Non avrei mica potuto imbattermi in Magnus in meno di un minuto. Neanche se avessi voluto.

E in un certo senso lo volevo.

Mi mancava.

Tra le altre cose dovevo essere una fanatica dell'autoflagellamento.

"Lascia la torta e vai a casa. Meno di un minuto." Lo cantilenai mentre prendevo la torta e mi incamminavo all'ingresso della cucina. La torta era pesante, però, e lo era anche la porta. Dovetti darle un calcio nella speranza che Misty fosse ad aspettarmi dall'altra parte. Si spalancò un attimo dopo, così mi affrettai dentro, completamente concentrata sul tenere stretta la dannata torta finché non arrivai al tavolo da lavoro a qualche metro di distanza.

"Grazie a dio eri qui," dissi una volta che fui nel bel mezzo della cucina. "Fammela solo posare così diamo un'occhiata, poi vado a casa. Voglio andarmene da qui prima che mi veda qualcuno."

"Ma sei così carina nel completo da cucina, Coco."

Inciampai, facendo quasi cadere la torta, e mi voltai verso la persona che aveva aperto la porta. Che non era Misty. Che era l'ultimo mutaforma che avrei voluto vedere… in assoluto.

"Nico."

Le labbra gli si alzarono in un sorriso arrogante, come se pensasse che l'affanno con cui avevo detto il suo nome avesse a che fare con una voglia di qualche tipo. Non era così: la torta era proprio pesante, maledizione. Posai il colosso sul bancone e mi guardai intorno, sperando che Misty apparisse dal nulla. O che il pavimento si aprisse e mi inghiottisse intera. O che un'orda di zombie arrivasse a distrarre il mutaforma.

Purtroppo no.

"Quindi questa è la torta dello sposo." Nico si avvicinò furtivamente. "L'hai fatta tu?"

"È Madeleine che si occupa delle torte." Non avrei neanche dovuto dirglielo; me ne aveva sentito parlare abbastanza volte da sapere come funzionavano le cose. Non che fosse mai venuto così spesso in pasticceria. In effetti, aveva passato più tempo in cucina Magnus in due giorni che Nico in mesi. Una scoperta che oltre a sconvolgermi mi fece solo desiderare che il tutto finisse ancora più in fretta.

Aprii la scatola e mi feci da parte, orgogliosa del lavoro che le mie sorelle avevano fatto con la torta, anche se in quel caso non avevo alcun interesse a interagire col pubblico. "Madeleine l'ha fatta su richiesta di Fiona. Spero sia di tuo gradimento."

Lui mormorò, guardando a malapena la torta su cui probabilmente mia sorella aveva passato quindici ore. "Beh, speravo la facessi tu. Per me."

Mi trafisse con un'occhiata e un sorriso che un tempo mi avrebbero fatto tremare le ginocchia. Non più, però. I miei sentimenti per lui erano ormai da tempo sulla mia lista nera, e quel giorno non faceva eccezione. Non mi mancava né la nostra storia, né lui; l'avevo superata.

La persona che mi mancava era suo padre.

"Beh…" Non avevo parole da sprecare per quella ridicola affermazione. Nessuna. "Dovrei andare." Mi voltai e mi diressi alla porta. La mia via di fuga. "C'è Misty che si occuperà degli ultimi ritocchi. Congratulazioni e grazie per aver scelto 'Fondenti e Contenti'. Se serve altro…"

"Voglio sapere perché sei voluta andare con mio padre."

Acqua ghiacciata. Mi passò per le vene. "Come scusa?"

"Mi hai sentito." Venne dietro di me, afferrandomi per le braccia e tirandomi contro il suo petto. "Ti manco così tanto che ora gironzoli intorno al mio vecchio?"

Mi allontanai di scatto, l'acqua ghiacciata diventata fuoco in un batter d'occhio. "Magnus non è vecchio, e non sapevo che fosse tuo padre quando l'ho conosciuto."

"Ma lo è, ed è strano. Quindi che ne dici di stargli alla larga, da brava, eh? Non che ti si filerà più, ora che gli ho raccontato di noi."

Oh. Oh no. "Gli... gliel'hai detto."

Nico scrollò le spalle. "Ha chiesto di noi, così gli ho detto tutta la storia. Come ci siamo incontrati, le volte che siamo usciti, come ti piaceva che ti mordevo i capezzoli quando mi cavalcavi."

Morta. Ero morta. Come era morta ogni possibilità di riconciliarmi con Magnus. Per sempre. "Che... Perché l'hai fatto?"

Misty entrò di corsa dalle porte a vento in fondo alla cucina, in preda al panico. Almeno finché non vide Nico, quindi si incavolò. "Non dovresti essere a fare le prove con la tua compagna o cose del genere?"

Nico mi si avvicinò, dicendo a voce bassa: "Non mi è mai piaciuto condividere le cose, Coco. E te l'ho detto, a nessuno piacciono gli avanzi degli altri."

Misty saltò in mezzo a noi, con una rabbia decisamente feroce. "Oh no, non se ne parla proprio."

Ma il danno era fatto: aveva detto a Magnus di noi. *Tutto* su di noi. Aveva distrutto ogni possibilità che mi rimaneva. Raso tutto al suolo e gettato via i resti. E lo sapeva.

"Bel cane da guardia." Nico rivolse a Misty un sorriso tutto denti mentre si allontanava. "Bello vederti, Coco. La torta è fantastica; sono sicuro che a mio padre piacerà un sacco."

Scomparve dalle porte in fondo, lasciandomi sola con Misty.

"Dimmi che non ci credi a quella stronzata."

Mi leccai le labbra, incapace di parlare. Non volevo ripensarci. Stavo per sentirmi male; aveva detto a Magnus di noi. Della nostra vita sessuale. Di cose che avrebbero dovuto rimanere tra noi e non essere raccontate a nessun altro. Doveva essere successo nelle ultime ore: Magnus si era presentato alla pasticceria quasi tutto il giorno. Aveva provato a contattarmi. Ma io avevo ignorato i suoi messaggi e le sue chiamate e mi ero rifiutata di uscire dalla cucina. Io… avevo fatto un gran casino. Forse se gli avessi parlato io per prima, spiegato cos'era successo tra me e

Nico, forse non l'avrebbe chiesto a lui. E quindi Nico non avrebbe potuto mandare all'aria... cosa? Io e Magnus non eravamo niente l'uno per l'altra. Eravamo usciti qualche volta e avevamo passato una splendida notte insieme. Non c'erano stati impegni a lungo termine. Né promesse di un futuro insieme. C'era stato solo cibo e sesso e ottima compagnia.

E mi sarebbe mancato tantissimo.

"Coco." Misty si allungò come per prendermi il braccio. "Cosa vuoi che faccia?"

"Niente," sussurrai, facendo un passo indietro. Con la voglia di fuggire e basta. "Non importa. Non importa niente di tutto questo."

"Cosa stai dicendo?"

"Devo andare." Mi precipitai fuori dalla porta, correndo verso la macchina e sperando almeno d'essere sulla strada per casa prima di scoppiare. Prima di veder scendere le lacrime. Prima che mi vedessero piangere sul luogo dove il mio ex avrebbe festeggiato il matrimonio con la sua compagna. Non volevo che qualcuno si facesse un'idea sbagliata: non era per Nico che avrei pianto.

Avrei pianto per suo padre.

Non mi ero mai incazzato così tanto in vita mia. Ero rimasto furioso tutta la giornata, da quando Nico aveva interrotto me e Coco e lei era scomparsa. Ma non ero arrabbiato con Coco. Con lei, mai. Più con me stesso, che non ero riuscito a dirle che era la mia vera compagna e che volevo ultimare il legame con lei. Non ero riuscito neppure a convincerla a parlarmi. Sapevo che stava soffrendo, per forza, e non c'era niente che potevo fare per rimediare. Se le avessi detto subito che era la mia compagna, niente di tutto quello sarebbe successo. Sarebbe stata così sicura del nostro legame da affrontare Nico a testa alta. Ma le avevo fatto un torto nel non dirglielo, e in quel momento stava soffrendo per colpa mia.

Quindi, no, non ero arrabbiato con lei; ero infuriato per una situazione che avevo creato io.

Anche il fatto che fossi bloccato alle prove del matrimonio di Nico di certo non aiutava. E la sala del ricevimento profumava di Coco. Non del tutto – non come se fosse stata con me nella stanza – ma c'era comunque il suo odore. In ogni angolo, si diffondeva dalle griglie per il ricambio dell'aria. Mi prendeva alla sprovvista nei momenti peggiori e mi distraeva da qualsiasi cosa stessi facendo. Mi faceva anche assolutamente impazzire.

Proprio come l'uomo che di recente avevo scoperto essere mio figlio.

"Vabbè, se sei così disperato ti darò la mia lista di ragazze. Tanto non ne avrò più bisogno."

Mio *figlio* stava per imparare cosa voleva dire scontrarsi con un vero mutaforma.

"Nico," dissi, trattenendo un ringhio. "Piantala. Subito."

Lui ridacchiò, richiamando l'attenzione della compagna. Fiona era una ragazza adorabile con la testa sulle spalle. Era anche stata cresciuta in un branco di mutaforma, a differenza di Nico. Avevo la sensazione che avrebbe dovuto riparare i danni di mio figlio ancora per molto tempo a venire, il che era probabilmente la cosa migliore per lui. Era un po' troppo *umano*, a volte. Come in quel momento.

"Andiamo, vecchio mio. Devi ammettere che questa cosa è proprio assurda. Cioè... hai fatto sesso..."

Il ringhio che avevo trattenuto fino a quel momento rieccheggiò per il salone, facendo ammutolire i mutaforma nella stanza. Bene; Nico doveva *aprire bene le orecchie*, per una volta. "Quello che abbiamo fatto io e Coco non sono cazzi tuoi. Hai capito?"

Nico aprì la bocca per dire qualcosa, ma Fiona lo fermò con un secco: "Basta così."

La bocca di mio figlio si chiuse di scatto. Non a lungo, però. "Fiona, stavo solo..."

"Facendo lo stronzo." Gli andò dritta in faccia, con aria decisa e feroce. Potevo capirla. "Non sei granché come lupo, Nico. E neanche come figlio. Magnus finalmente incontra la sua compagna dopo così tanto tempo e tu non fai altro che cercare di metterti in mezzo. È penoso. Ma oltre a questo, non hai neanche pensato a me: non sai cosa vuol dire essere un uomo, né tantomeno un compagno. Dov'è che ho sbagliato, che il destino mi ha rifilato uno come te?"

La stanza era sprofondata nel silenzio. Come dicevano gli umani? Non si sentiva volare una mosca. I mutaforma avrebbero potuto sentirla comunque, ma insomma... silenzio. Tutti a fissare con la più totale attenzione la coppia che litigava. La coppia che avrebbe dovuto percorrere la navata in meno di quarantotto ore. Cose un po' imbarazzanti.

Quando Nico non le rispose, Fiona girò sui tacchi e attraversò la stanza a falcate, con lui a seguire la ritirata. Grazie al destino, per le piccole cose. Avevo sopportato tutto il giorno le sue stronzate, mi ero ritrovato a correre avanti e indietro dall'hotel alla pasticceria per cercare di parlare con Coco, mentre aiutavo lui a prepararsi per il weekend del matrimonio. Era stata una giornata già complicata di suo, ma sentire anche commenti sulla mia compagna che aveva avuto altri uomini aveva sicuramente peggiorato le cose. E dover sentire il suo odore senza poterla vedere, toccare o sapere che stava bene era un'agonia.

Passai l'ora successiva a stringere mani, a sorridere e in generale a fare il padre dello sposo per una sala piena di persone con cui non volevo proprio avere a che fare. I mutaforma si tenevano a debita distanza da me, forse percependo il livello di stress del mio lupo, lontano dalla sua compagna. O forse avevo uno sguardo abbastanza incazzoso sulla faccia. Non ne avevo idea.

"Hai fatto un bel casino," disse una donna. Non una donna qualsiasi: quella della pasticceria. La volpe mutaforma che aveva fatto la bodyguard tutto il santo giorno. E profumava così tanto della mia Coco che mi venne quasi da mugolare.

"Lei dov'è?"

Misty scosse la testa tenendo gli occhi nei miei, incazzata nera. "Non è ancora pronta per vederti."

Mi uscì un ringhio. Uno che dovetti ingoiare ancora una volta. Non volevo rischiare il mio unico contatto con Coco, e non volevo perdere l'occasione che l'arrivo di Misty mi aveva appena concesso. Così mi rimangiai l'orgoglio, tutto intero, e feci l'unica cosa che potevo. Chiesi aiuto. "Cosa posso fare?"

"Beh, prima di tutto puoi prendere Nico a calci in culo per aver aperto la bocca. Pensavo stesse migliorando, che le stesse passando. Ma poi quel cazzone... scusa, non dovrei insultare tuo figlio..."

"A posto. Cazzone sembra adatto, vista la situazione."

115

"Bene. Quindi, il cazzone la scova nella stanza sul retro e le dice che a nessuno piacciono gli avanzi degli altri."

Il cuore quasi mi si fermò. L'unica cosa che continuò a farlo battere fu il violento bisogno di distruggere Nico. Figlio o no, nessuno parlava in quel modo alla mia compagna. "Lo uccido."

"Certo, ma non farà ritornare Coco, quindi mettiamo da parte l'omicidio."

Cosa difficile. "Bene. Cos'altro ha detto?"

Lei scrollò le spalle, con le labbra strette come se avesse appena morso qualcosa di rancido. "Qualcosa sul non voler condividere le sue cose."

"Coco *non* è una cosa."

"Eh, non mi dire. Contenta che ci capiamo, cane." Si chinò e afferrò un paio di macaron rosa dal tavolo dei dolci, porgendomene uno. "Mangia questo. L'ha fatto lei."

Quello era un motivo sufficiente per mangiarli tutti. Diedi un morso al biscotto. Dolce, croccante, leggermente fruttato: era un vero capolavoro di pasticceria. Era anche praticamente un pezzo della mia compagna. Potevo quasi assaggiarla con la farina di mandorle, annusarla nella crema. Per forza continuavo a sentire tracce del suo odore per tutto il salone: veniva dai suoi biscotti. Volevo ingozzarmi di quei macaron solo per tenermi stretta qualsiasi piccola parte di lei. Volevo anche buttare all'aria il tavolo dove stavano appoggiati e andare a riprendermi la mia compagna. Strana reazione a un biscotto.

"Sono deliziosi," dissi, fissando confuso i vassoi di dischetti rosa. Divorare o distruggere. Divorare o distruggere.

"Tu rovina quei biscotti, e Coco ti uccide."

Decisione presa. Distolsi lo sguardo dai biscotti in tempo da vedere l'occhiolino di Misty. "Mi capisci troppo bene, volpe."

"Ho visto abbastanza coppie di lupi da sapere quanto diventano stupidi se si tratta dei loro compagni."

Compagni. La mia compagna. Che avevo deluso. Merda, la volpe mi avrebbe scuoiato vivo una volta confessate le mie colpe. Era l'ora di fare l'uomo. "Non ho detto a Coco che è la mia compagna predestinata."

Misty non sembrò affatto sorpresa. "Sì, l'ho capito quando Nico è riuscito a mandarla nel panico con così poco. Non ha idea di quanto sei serio con lei perché non le hai voluto dire una cosa fondamentale che tra l'altro influirà sul resto della sua vita." Il sopracciglio di Misty si alzò talmente tanto da arrivare quasi a prendere un coltello per piantarmelo nel cuore. "Avresti dovuto dirglielo il primo giorno. Ma cos'hai nella testa?"

Cos'avevo nella testa? Avevo passato cent'anni da solo, invecchiando nell'aspetto, mentre i miei fratelli trovavano i loro compagni e rimanevano giovani. Avevo pensato che il destino si fosse dimenticato di me, che avesse scelto di non darmi una compagna. Avevo visto accoppiamenti riuscire molto bene o molto, molto male, e avevo il terrore di rovinare il mio quando avevo finalmente trovato la compagna perfetta.

Ma erano tante cose da ammettere a una donna che non conoscevo davvero, quindi optai per qualcosa di semplice. "È umana."

Il che le fece alzare gli occhi al cielo. "E ha vissuto in una città di mutaforma da tutta una vita. Sa esattamente come funzionano queste cose. Ed è pure cresciuta in una famiglia di mutaforma: l'uomo che chiama zio è il capobranco di Kinship Cove, per l'amor del cielo. Ha visto cosa succede quando un mutaforma incontra il suo compagno predestinato, e tu non hai fatto niente di tutto quello che si sarebbe aspettata. Hai tenuto per te un'enorme rivelazione per proteggerla, ma non hai fatto che ferirla. In questo momento sente il naturale richiamo verso di te, pensa di aver rovinato tutto tra di voi per via del suo passato, ed è convinta che comunque l'abbandonerai appena troverai la tua vera compagna. Perché le è già successo tre volte."

Povera la mia Coco. "Destino mio…"

"Esatto. Devi dirle la verità. Che sei il suo compagno, che non conta nient'altro che il vostro legame, e che non scomparirai semplicemente perché incontrerai un'altra."

Non ci sarebbe mai stata nessun'altra. Non per me. "Le dirò tutto. Tutto. Appena la vedrò, le metterò il cuore in mano. Ma c'è solo un problema."

Di nuovo il sopracciglio alzato. Solo uno. "Quale?"

"Non vuole parlarmi."

Le labbra di Misty si tesero in un perfido sorriso. Proprio quel che mi sarei aspettato da una perfida volpe. "A questo ci penso io."

Giuro che non stavo fissando l'orologio. Mi capitò solo di farci caso, quando dalle 19:59 vennero le 20:00. Avevo semplicemente la TV via cavo accesa e premevo i tasti del telecomando cercando di trovare qualcosa da guardare, qualsiasi cosa, che non mi ricordasse Magnus. Non stavo guardando apposta l'orologio per sapere quando sarebbe iniziata la cena vera e propria delle prove di quella sera. E anche se lo fossi stata, non lo avrei mai ammesso.

Frustrata, spensi la TV e gettai il telecomando dall'altra parte del divano. Il vicinato era troppo silenzioso, a quanto pareva tutti al ricevimento a celebrare le imminenti nozze di Nico e Fiona. Vabbè... ero felice che avessero trovato il loro 'per sempre felici e contenti'. Il mio? Beh... ero abbastanza sicura di aver perso tutte le occasioni, ormai. Non avrei dovuto sentirmi così – io e Magnus ci conoscevamo solo da pochi giorni – ma qualcosa dentro di me mi diceva che era quello giusto. Il mio lui. La mia 'aragosta'.

Ah, magari avrei trovato delle vecchie repliche di *Friends*.

Un attimo... no. Con la mia fortuna, sarebbe stata *Pausa di riflessione*. No. Maledetto Ross.

Il telefono vibrò sul tavolo, e lo presi in mano più per abitudine che per altro. Misty mi stava chiamando. Né SMS né Instagram né WhatsApp, ma una chiamata. Che strano. Risposi comunque.

"Se ci sono problemi con quel lupo, dovrai chiamare qualcun altro. Mi sono arresa a pantaloni da yoga e Carte D'Or."

"Ci sono decisamente problemi con quel lupo, ma sei tu l'unica che può risolverli."

Quello... non era Misty. Mi attraversò all'improvviso un formicolio che mi risvegliò tutti i nervi in un colpo solo. Magnus. Dal telefono di Misty. Non sapevo cosa dire, quindi non dissi niente.

"Coco." La voce roca e profonda di Magnus mi fece tremare, ed ero abbastanza sicura d'essermi lasciata scappare un mugolio. Forse era stato lui a mugolare. No, che sciocchezza. Dovevo essere stata io. Non lo avrebbe mai...

"Coco, bellissima, apri la porta."

"Che porta?"

"D'ingresso."

Andai all'ingresso con il pilota automatico. Non avrei voluto, ma le gambe non mi ubbidirono. Niente aveva più senso, se non che Magnus mi stava parlando e non volevo che si fermasse. Mai. "Vuoi che apra la porta d'ingresso?"

"Sì, bellissima. Apri."

"Perché?"

"Perché non posso stringerti tra le braccia se non lo fai."

Oddio. Magnus era lì. Alla porta. Allungai il passo, affrettandomi verso il pannello di vetro e legno bianco che ci separava. Quasi piansi quando vidi la sua ombra attraverso le tende. Magnus. Lì.

Ma poi mi ricordai – quella mattina in hotel, Nico, gli avanzi degli altri – e aprire quella porta mi sembrò impossibile. "E se non volessi?"

"Ma lo vuoi," disse, così tanto sicuro di sé, mentre io tremavo e lottavo per non andare nel panico all'idea di vederlo. Di perderlo. Di tutto.

"E se non *potessi?*"

"Se vuoi fare il gioco dove io sono il lupo cattivo e sfondo la porta, va bene. Ai vicini potrebbe non piacere, però."

Premetti la mano contro il vetro, le labbra tirate in un sorriso stanco. "I vicini sono tutti alla cena di prova. Dove dovresti essere anche tu."

"No, bellissima. Io sono proprio dove dovrei essere."

Parole perfette. Quelle di cui avevo pensato d'aver bisogno. Eppure… "Magnus?"

"Sì, Coco?"

"Ho troppa paura di aprirla," sussurrai.

"Oh, tesoro. Non c'è assolutamente nulla di cui aver paura, ma capisco. Perché non ti allontani dalla porta, per me? Vai a metterti con la schiena al muro delle scale."

Obbedii, ancora una volta incapace di resistergli. Insicura del perché non mi riuscisse semplicemente di abbassare la mano e girare la serratura per farlo entrare. Ma non ci riuscivo, né a farlo entrare né a disubbidirgli, anche se ubbidirgli significava farlo entrare.

Ero stravolta.

Non quanto Magnus, però. La porta si spalancò appena la mia schiena toccò il muro, e lui era lì, grande e audace e dall'aspetto completamente selvaggio. Era il lupo ad avere il controllo. Ma quel che mi sorprese non fu il suo lato animale. Furono le occhiaie che aveva sul viso come se non avesse dormito da giorni, e lo sguardo frenetico che mi lanciò. Il modo in cui le mani gli tremarono mentre le alzava verso di me.

"Mi sei mancata così tanto oggi, splendida."

Anche a me era mancato. Tanto, così tanto. Ma non riuscivo ancora a muovermi. Non riuscivo ad arrendermi al fatto di aver bisogno di lui. C'era troppo disagio tra noi, e c'erano ancora troppe possibilità che tutto finisse con il mio cuore rotto in pezzi sul pavimento. Soffrivo già abbastanza, ed ero stata con lui solo un paio di giorni. Quanto avrei sofferto se avessi passato mesi a innamorarmi di lui? Se mi avesse lasciato dopo anni perché aveva trovato la sua compagna? Non potevo farlo.

Non lo avrei fatto.

"Magnus, non credo…"

"Sei la mia compagna." Mi venne incontro, e il mondo si capovolse. *Compagna?*

"Cosa?"

"Mi dispiace così tanto di non avertelo detto subito. Ero convinto ti servisse del tempo per conoscermi prima di darti un peso così grande. Non mi ero reso conto che sei sempre vissuta con i mutaforma e che sai cosa significa per noi l'accoppiamento." Si avvicinò ancora, tenendo gli occhi nei miei. Inchiodandomi con uno sguardo. "Non sapevo che qualche stupido mutaforma ti avesse già spezzato il cuore dopo averci giocato senza troppi problemi."

"Magnus, io…"

"Io non sto giocando, Coco. Né con te, né con il tuo cuore, né con tutto questo. Sei la mia compagna, l'unica persona che il destino ha creduto fosse perfetta per me. Non importa nient'altro, né Nico, né il vostro passato insieme, né questa buffonata di un matrimonio. Tutto quel che importa siamo io e te." Mi passò un dito sulla guancia, facendomi rabbrividire tutta. "Ho aspettato così tanto di trovarti. Farò come vorrai."

Fui sul punto di chiudere gli occhi, di allontanarmi da lui. La gioia che mi diedero le sue parole mi attenuò il dolore al cuore, ma potevo fidarmi? Potevo fidarmi *di lui*? Saremmo riusciti a superare... la situazione con Nico?

Non potevo fare il passo successivo, senza saperlo. "Ti stai perdendo la cena di prova di tuo figlio."

"Non è quello che..." Magnus sospirò, "A volte mio figlio è proprio uno stronzo."

"Su quello non ho niente da obiettare."

"Non doveva giocare con le tue emozioni in quel modo, e di sicuro non doveva dire una cazzo di parola sul fatto che io e te stiamo insieme. Non ha il diritto di mettere in dubbio il destino." Si avvicinò, e con lui il suo calore. E il suo odore avvolgente. "Sua madre era umana e l'ha cresciuto da umano. Non sapevo nemmeno che fosse al mondo finché non l'ho incontrato per caso in un viaggio d'affari e ho riconosciuto in lui il mio stesso odore. Gli usi e i costumi dei mutaforma gli sono praticamente incomprensibili perché non è stato cresciuto insieme a loro, e quindi non abbiamo molto in comune. Ho cercato di costruire qualcosa con lui, un qualche rapporto, negli ultimi due mesi perché mi sono perso così tanto di lui. Ci ho provato, ma… Ma Coco, è un uomo adulto. Non è un bambino che ha bisogno del padre ogni giorno. Gli voglio bene perché è parte di me, ma non lo conosco. E ad essere onesti, non mi piace neppure quel poco che ho conosciuto di lui."

"Ma è tuo figlio."

"E tu sei la mia compagna. Il mio futuro. Sei mia per sempre… se mi vuoi."

Lo afferrai, tirandolo a me e premendo le labbra alle sue. Come avrei potuto non farlo, dopo tutto quello? Ero la sua compagna – la sua *compagna* – il che significava che avremmo avuto un legame che gli umani potevano solo sognare. Intenso, sicuro, e indistruttibile. Tutto ciò che avrei potuto desiderare lo avevo all'improvviso tra le braccia.

E per niente al mondo me lo sarei fatta scappare.

Senza neppure volerlo, il bacio divenne selvaggio. Magnus mi sollevò per le cosce, inchiodandomi al muro con i fianchi e assaltandomi le parti basse con quel che gli tirava nei pantaloni. Gemetti e me lo tirai più vicino. Avevo bisogno di più di quello. Senza fregarmene che la porta d'ingresso fosse aperta e che il mondo fuori potesse vederci. Che guardassero. I miei vicini erano quasi tutti mutaforma di un tipo o dell'altro: avrebbero compreso l'attrazione tra compagni.

Dio, non riuscivo a smettere di pensare a quella parola. *Compagni.*

Magnus alla fine interruppe il bacio, e il suo sguardo intenso incontrò il mio. Tra respiri affannosi disse: "Ho aspettato più di cent'anni di trovare la mia compagna, e ora eccoti qui. Ma non sono un giovanotto, Coco. Non ho la pazienza per il tipo di giochi che farebbe mio figlio. Quindi dimmi che vuoi essere mia, dimmi che possiamo farlo funzionare. Perché ho aspettato un secolo per poter reclamare la mia compagna, e non voglio aspettare un altro secondo."

La serata era diventata magica. Molto meglio che guardare le repliche di *Friends*. "Sì, Magnus. A tutto... sì."

"Grazie al destino." Si allontanò dal muro, portandomi in braccio fino all'ingresso a chiudere la porta con un calcio, poi corse su per le scale, facendomi ridere.

"Ti spezzerai la schiena, vecchietto."

Il suo ringhio mi andò dritto nell'intimo. "Non sono ancora vecchio, bella. Solo esperto. E userò tutto quel che so sul piacere femminile per tenerti sempre felice e soddisfatta." Con un sorriso tutto denti, mi mise a terra quando arrivammo alla porta della mia camera da letto. "Mi piacciono questi pantaloni, comunque."

"Perché sono attillati?"

"No, perché si strappano facilmente." Con un colpo della mano, mi strappò via i pantaloni da yoga. Strappò. Via. I pantaloni. Da yoga.

Alcune cose erano difficili da perdonare, anche se fatte per un buon motivo. "Quelli erano i miei preferiti."

"Te ne comprerò altri. È l'ora di metterci nudi."

Ok, beh… quel motivo era accettabile. "Sì?"

"Sì. Cosa ne dici se ti reclamo per me, signorina Coco?"

"Non sono mai stata reclamata prima d'ora."

Il suo ringhio rimbombò per la casa, le sue mani ruvide mi afferrarono i fianchi e mi spinsero indietro nella stanza. "No, infatti. E nessuno lo potrà mai più fare. Sei mia, Coco. Tutta mia, cazzo."

Parole che avevo solo sognato di sentirmi dire. "Fammi vedere quanto."

E lo fece. Sei volte, quella notte. E mi reclamò come sua compagna. La sua donna per sempre.

Sua.

Punto.

Il ringhio che lanciò mentre lo faceva – mentre mi mordeva il collo e mi veniva dentro – fu probabilmente il suono più bello di sempre. Mi ripromisi in silenzio di farlo ringhiare così ogni giorno per il resto della nostra vita insieme.

Magari non avrei mai più guardato una replica di *Friends*, ma la vita con il mio compagno ne sarebbe valsa la pena. Magnus ne valeva la pena.

A meno che non avessero dato l'episodio in cui Ross si rifiutava di pagare la consegna del divano. Quella era imperdibile, e l'avrei guardata con il mio compagno. Magnus doveva assolutamente imparare cosa significasse 'fare perno'.

EPILOGO

COCO

Un mese. Fu quanto mi ci volle per far trasferire Magnus a casa mia. Non che avessimo trascorso molto tempo lontani, da quando mi aveva reclamato come sua; lo avevamo semplicemente reso ufficiale al passare del mese. Come se non avesse già portato da me tantissimi libri, il computer da lavoro, lo spazzolino da denti e la sua collezione di magliette di concerti scandalosamente grande. Quelle magliette erano splendide e comodissime, comunque. Avevo una certa ossessione nel metterle... con nient'altro sotto. Per via della mia ossessione, Magnus ne aveva sviluppato una anche lui, nel togliermele lentamente. Perché le magliette non si strappavano. I miei pantaloni da yoga... beh, avrei voluto che Amazon avesse un'opzione 'Iscriviti&Risparmia' anche per quelli. Magnus ricomprava sempre tutto quel che faceva a pezzi, ma insomma... il numero di quegli episodi non faceva che crescere.

Se non mi fosse piaciuto quello che mi faceva subito dopo, probabilmente mi sarei infuriata per i pantaloni. Ma ahimè... gli orgasmi multipli avevano un modo tutto loro di togliere qualsiasi luna storta. Perciò continuavo a metterli, e lui continuava a strapparmeli di dosso. Bei momenti.

Un graffiare alla porta sul retro mi interruppe; stavo togliendo alcuni accessori di cucina dalle scatole che i traslocatori avevano portato dalla sua vecchia casa. Due case che diventavano una sola significava dover decidere cosa rimaneva e cosa no. Non avevamo bisogno di doppioni inutili, quindi il mio compito era scegliere le cose da tenere e quelle da buttare. La maggior parte della sua roba veniva cestinata semplicemente perché la cucina era il mio regno indiscusso, anche se la sua macchina del caffè era migliore della mia. Quella l'avremmo tenuta.

Di nuovo quel graffiare. Diamine. "Arrivo."

Doveva essere Magnus che tornava da correre. Il suo lupo si era trovato bene a Kinship Cove, le foreste e le montagne circostanti erano i posti perfetti per lasciarsi andare all'istinto. La parte migliore era che di solito tornava a casa matto e su di giri da tutto quel correre. E aveva bisogno di me. Mi placcava a letto e passava qualche ora a farmi urlare.

Non mi dispiaceva per niente.

Aprii la porta sul retro e sorrisi quando entrò un enorme lupo grigio. Ricoperto di fango.

"Sei sporco, tesoro. Devo fare un bagno al lupo o all'uomo?"

Magnus tornò in forma umana davanti a me, con il fango su quasi tutto il corpo. E che corpo. Magnus nudo era uno spettacolo per gli occhi. Non mi sarei mai tolta dalla testa tutta quella gloriosa nudità. O almeno lo speravo.

"Se prometti di stare un po' insieme nella vasca, allora l'uomo ci sta."

"Altrimenti?"

Ringhiò e mi afferrò, percorrendo l'intera stanza finché non mi mise con le spalle al muro. La sua erezione mi toccava in tutti i punti giusti. "Non vuoi stare nuda con me, bellissima?"

"Sì, ma non nella vasca." L'acqua e il sesso non funzionavano... almeno non per me. Sesso sotto la doccia, sì. Vasca da bagno, non tanto.

"Vuoi che ti scopi contro il muro della doccia."

Colpevole. "Qualsiasi muro va bene, davvero."

Il suo ghigno mi diede una stretta allo stomaco, dalla voglia che mi prese. "Come quello dove ti sto spingendo adesso?"

"Sì." Mi avvicinai per un bacio, gemendo quando mi infilò la lingua in bocca. Quell'uomo sapeva sicuramente baciare. Ma chi prendevo in giro? Quell'uomo sapeva fare di tutto, incluso darmi orgasmi multipli contro un muro. E sul pavimento. E nella doccia. E nel letto. Il divano. Il portico. L'auto... Ero un'umana molto, molto fortunata.

"Ti voglio nel letto," disse baciandomi dal collo in giù. "Voglio stenderti e leccarti tutta finché non urli."

Come avrei potuto dire di no? "Ok."

Ridacchiò, aggiustando la sua presa su di me per poi voltarsi e andare verso le scale. Ma non prima di avermi afferrato il sedere.

E avermi strappato i pantaloni da yoga con gli artigli.

"Ops," disse, senza pentirsi minimamente.

"L'hai fatto apposta."

"Certo che sì. Quei pantaloni mi mettono voglia di spogliarti."

"Allora dammi la possibilità di togliermeli."

Mentre saliva le scale, gli avvolsi le gambe intorno ai fianchi e lo cavalcai con tutta la forza che avevo. Mi muovevo e contorcevo come una pazza dietro al mio primo orgasmo ancor prima di essere arrivati al secondo piano.

"Calma, compagna mia," disse con un gemito mentre raggiungevamo la cima delle scale.

"Hai aspettato così tanto di trovarmi. Non costringermi a fare lo stesso."

Cent'anni era stato senza di me; io non riuscivo ad aspettare neanche trenta secondi. Ma andava bene così. Gli piacevo disperata e bramosa di lui. Gli piacevo tanto da sdraiarmi direttamente sul tappeto in cima alle scale e alzarmi la maglietta fino al collo.

"Basta aspettare," disse prima di succhiarmi un seno e farmi mugolare. "Siamo stati lontani abbastanza a lungo."

Lo eravamo stati: lui un secolo, io non così tanto. Ma non importava più. Ci eravamo trovati e niente si sarebbe messo tra di noi. Né il mio passato né il suo, e soprattutto non suo figlio. Nico e Fiona avevano lasciato Kinship Cove per essere più vicini al branco di lei. Una cosa che Fiona aveva disperatamente voluto, e Nico... beh, se ne era fatto una ragione. Tra i due, era di sicuro la donna a portare i pantaloni.

Io? Provavo a metterli, i pantaloni, ma Magnus li strappava sempre.

Una cosa di cui non mi sarei mai, mai lamentata.

L'AUTORE

Narratrice per passione sin dalla tenera età – nonché una delle migliori autrici di bestseller secondo USA Today – Ellis Leigh è cresciuta in una famiglia in cui non sono mai mancati né racconti inquietanti sul paranormale né storie d'amore. Il fatto che non fossero sempre storie a lieto fine l'ha particolarmente ispirata a scrivere sulla vita, sull'amore e su tutte le loro difficoltà. In campagna o in città, che si tratti di streghe o lupi mannari... Se c'è dell'amore in giro, lei ci scriverà un libro. Ellis vive nell'area di Chicago con il marito, le figlie e un pastore tedesco sempre al suo fianco.

Tocca la sfera dell'erotismo nei racconti che scrive con l'amica Brighton Walsh sotto lo pseudonimo di London Hale, e porta il suo stile distintivo nel regno del mistero presentandosi come Millie Thorne.

Iscriviti alla newsletter di Ellis Leigh per tutte le ultime notizie da Kinship Cove.

Diventiamo amici!

www.ellisleigh.com
ellis@ellisleigh.com